你在我的心里过期居留

韩十三 ◎ 著

北方妇女儿童出版社
·长春·

版权所有　侵权必究

图书在版编目（CIP）数据

你在我的心里过期居留 / 韩十三著. -- 长春 : 北方妇女儿童出版社, 2018.5
（给青春的小情书）
ISBN 978-7-5585-2201-7

Ⅰ. ①你… Ⅱ. ①韩… Ⅲ. ①短篇小说 – 小说集 – 中国 – 当代 Ⅳ. ①I247.7

中国版本图书馆CIP数据核字(2018)第049960号

你在我的心里过期居留
NI ZAI WODE XINLI GUOQI JULIU

出 版 人	刘　刚
特约策划	师晓晖
责任编辑	吴　强　王　婷　孟健伊
特约统筹	陈　凡
特约编辑	杨　宁
绘　　图	那　仁
书籍装帧	胡静梅
美术编辑	赵艳红
作家经纪部	卢晓凤
开　　本	880mm×1230mm　1/32
字　　数	177千字
印　　张	8
版　　次	2018年5月第1版
印　　次	2018年5月第1次印刷
印　　刷	湖南关山美印有限公司
出　　版	北方妇女儿童出版社
发　　行	北方妇女儿童出版社
地　　址	长春市人民大街4646号
	邮编：130021
电　　话	0431-85678573
定　　价	29.80元

如发现印装质量问题，请与印务部联系退换，电话：010-51908584

目 录
CONTENTS

001　天空哭泣的时候我总遇到你

019　晨光熹微少年时

035　久违以及回归的春夏

053　就让我们带上青春淋场雨

071　妈,我回来了

089　安夏之远

111　白色踏板车开不到永远

129	关于城堡的十七个夏天
145	雷公岛上的传说是不是白色的
163	没有了你,我会长大吧
179	从来没有什么会比时光长
197	蜘蛛网有两个秘密
215	最美的故事在回忆里待续
231	后记:你在我的心里过期居留

天空哭泣的时候
我总遇到你

你在我的心里过期居留

一

我和程悦共用的小卧室里还贴着她稚嫩的蜡笔画——绿色的柱树、红色的瓦房，以及瓦房下面手牵着手的一家，这样简单而幸福的生活，已经不再属于她。

那一年，父母把妹妹送给别人的时候，我一直在想，如果我没有那么任性地非要一个价值30块钱的变形金刚玩具，如果我在上学的路上没有打破别人的鼻子，如果我再乖一点儿，让父母省心一点儿，他们是不是就不会在我身上花费那么多的精力，就有能力多养一个孩子了？

事到如今，我依然记得那天我们全家去送妹妹的情形。

一位据说一直没有孩子的中年男子，笑容满面地牵着她的手，踏上了正好从路边经过的长途汽车。为了哄妹妹高兴，那个男人还为她买了一支很大很大的冰激凌，我记得以前她每次经过路边的便利店时，都会盯着冰柜里那种冰激凌看好久，却从来没有开过口。

那一次，她跟在那个男人的身旁，到便利店旁的车站等公交车的时候，突然转过脸来跟爸爸说："爸，你能给我买一支冰激凌吗？"

她说这话的时候是笑的，眼中却噙满了泪花。

看着她的样子，我的眼眶一热，差点儿没哭出来。

她的话还没有说完，那个中年男人就赶忙上前一步，掏钱为她买了一支。

然而，在上车之前，她却一直都把那支冰激凌握在手里，一口都没吃，天气如此炎热，冰激凌融化以后，白色的汁液沿着她的指缝一滴滴地掉在地上，如同这个季节的眼泪。

在缓缓地上了车以后，她终于忍不住再次转过头来，大声地对着我们哭喊道："妈，爸，你们要我吧，我吃得很少的。"

她说："哥哥，你劝劝爸爸啊，我不要去别人家享福！"

一句话说完，路边的我和妈妈终于忍不住哭出了声，然而坐在轮椅上的爸爸，却一直面无表情地看着车上的她，然后，缓缓地抬起胳膊，对着车上的男人挥了挥手。

"走！"

他在挥完手之后，迅速地扭转轮椅离开。

妹妹在看见爸爸走掉以后，神情突然低落了下去，她在那个男人的安排下坐在了一个靠窗的位置上，朝着我的方向幽怨地看了一眼，最终落魄地低下了脑袋。

我对着远去的汽车大声呼喊："程悦，从此以后不论你去到哪里，等我长大一定会找到你的，你等我，你等着哥哥！"

车子已经缓缓地消失在下一个路口，我却牢牢地记住了放在后车窗上的那块牌子，北镇——云倾。

那四个红色的大字，每一个都像是烧红的烙印，深深地刻进了我的心。

也许程悦永远不会知道，那一天爸爸的轮椅走出去没多远，便由于太过慌乱而掉进了路边的一个水沟里。

后来他和妈妈抱在一起，哭成了一团。

再后来，我拼尽全力才将他扶上了妈妈的肩膀，然后自己推着那辆已经坏掉的轮椅，跟在他们的身后，失魂落魄地回到了家。

那一天，我把自己所有的玩具，所有的压岁钱全都拿了出来，一下子丢到躺在床上的爸爸面前,大声地质问他,为什么要把妹妹送走,这些东西我都不要了还不行吗,你们不养她我养。

然而一向温文尔雅的爸爸,那一天,却突然从床上挣扎着坐起身,在我脸上狠狠地打了一巴掌,他说:"你懂个屁!"

是的,我的年龄还那么小,大人们的很多想法我的确不懂,但我知道,真正的亲人,就要一生一世不分离,哪怕一起饿死,也不要骨肉离散。

虽然我知道,爸爸之所以选择走这一步,也是迫不得已,但年幼的我,还是忍不住有些恨他。他原来是这座北方小城里一家机械厂的普通职工,后来有了我和妹妹,仅靠那一点儿工资,永远也无出头之日,于是便想办法贷款买了一辆大卡车,跑起了长途运输,把妹妹带走的那个男人就是他在跑运输的时候认识的。可是,他的车仅仅开了半年,便因为疲劳驾驶在一座高架桥上发生了严重的交通事故,那场事故,导致爸爸被高位截肢,汽车也全报废了。面对高额的贷款,联想到家里的窘迫情况,才不得不把妹妹送给了别人,留下了我。

二

如果有人欺负你,就算我打不过,但至少可以趴在你身上帮你挨几下。

由北镇到云倾一共是一千三百零四公里的路程,这是我上初中的时候,对着地理书上的地图,用直尺小心翼翼地量过之后,又按照比例尺计算了无数遍之后得出来的。

其实一千多公里的路程并不算远,可是对于两个年幼的孩子来说，却仿似天涯两边。

那时候，我经常跟大刘说的一句话就是："等我长大了以后，一定要去云倾把妹妹找回来。"

而他每次回答我的都是："到时候我跟你一起去。"

大刘是我最要好的朋友，我们是在一起去停在铁道旁的火车上偷煤的时候认识的，因为北镇有很多煤矿，在爸爸出事后的第三年，政府便出资修了铁路运煤，那些当初跟爸爸一起贷款买卡车的人，也都纷纷破产，大刘的爸爸就是其中一位。后来，他爸爸为了躲债，便和他妈妈一起跑路了，把他留在了奶奶身边，没有办法，我们只能在夜里火车停站的时候，蹬着三轮车到火车上去偷煤，便宜卖掉之后贴补家用。

那些火车一次次地开来，又一次次地开走。

终于有一天，我和大刘周末去偷煤的时候，看见了一辆车厢上写着"云倾"字样的火车，我和大刘对视一眼，然后，我问他说："走不走？"

他点了一下头，于是我们便爬进了黑乎乎的车厢里。

那一次，火车整整开了十几个小时才到云倾，但是，我没有找到程悦，直到那时我才发现云倾原来那么大，那些耸立在城市中心的摩天大楼，每一座都比全北镇所有的房子叠起来还要高。

我们在云倾城就连最基本的方向都分不清，更别说找人了。

后来，我和大刘在一个广场的面包店偷面包的时候被老板抓住，送到了派出所。

派出所的民警在听到我们的遭遇之后苦笑一下，把我们按到自来水管下面冲了个透心凉，然后为我们买了车票将我们送回了家。

我坐在那辆由云倾开往北镇的火车上一直在想，当年程悦离开北镇的时候也一定是经过这条路，看见了同样的风景吧，但她坐在车上，看着身边的世界越来越繁华，楼房越来越高，道路越来越宽的时候，心中会不会对爸爸多了一丝理解。

但是令我万万没有想到的是，那一次回到家以后，因为身体残疾脾气越来越暴躁的爸爸并没有打我，他甚至连我为什么跑去云倾都没有问，只是叹了一口气，摸了摸我的脑袋，说："男孩子嘛，出去闯一闯也好。"

我跟大刘虽然是好朋友，但是我和他不同，他的学习成绩向来不好，而我的学习成绩本来很好，却在中考的那一天，故意把答题卡倒着涂。结果，那一年夏天，我们都没有考上高中。

其实，我知道，爸爸和妈妈再也没有能力供我读书了。

我和大刘都商量好了，辍学以后，我们就要像镇子上的其他人一样出去打工，而我们打工的目的地便是云倾。

听了我的计划以后，大刘微微一笑，然后猛地拍了一下我的肩膀，说："程武，其实我知道你心里是怎么想的，你之所以要去云倾打工其实是因为我们对那里比较熟。"

我猛地搂了一下他的肩膀，没有说话。

他接着说道："放心把，程武，你是镇上唯一看得起我的人，我们是兄弟，从今以后你走到哪儿我就跟到哪儿，去了云倾之后，如果有人欺负你，就算我打不过，但至少可以趴在你身上帮你挨几下。"

我和大刘结伴去云倾的时候是一个秋天，收获的季节。

爸爸没有阻拦我，他让妈妈给我煮了好多个鸡蛋，分别塞进了我和大刘的书包里。妈妈在往我的书包里塞鸡蛋的时候突然就哭了，因为她在我的书包里看见了我向高年级的学长借来的高中课本。

三

她说："嘿，我怎么总是在下雨的时候遇到你啊？"

那些日子，来到云倾的我，最喜欢做的事情就是在工地上不能干活的下雨天到工地附近的学校里面去蹭课。

我搬着一只自己用工地上的废料做的凳子，坐在某个教室的窗户外面，听老师在讲台上眉飞色舞地讲解高中的课程，然后一丝不苟地记下笔记。

那只凳子采纳了大刘的建议，设计得很合理，不用的时候可以拆开来放在背包里面，轻易就能避过学校门卫的眼睛，组合起来，又恰好比窗台矮半米，坐在上面，正好能够看清黑板上的字。

我辗转换着教室听课的时候，经常在想，我因为打工耽误了两年的时间，我又正好比程悦大两岁，这个时候她一定也该上高中了吧，说不定就在这所学校里呢。当然，如果她不在也没关系，反正我已经省吃俭用攒下了一些钱，大刘比较爱吃肉，钱比我的少一点儿。但是用不了多久，我们俩的钱加起来，就可以在云倾城租一个小店铺做生意了。生意的类型我都想好了，要开一家大大的冰激凌店，名字就叫北镇甜品，专门卖程悦最爱吃的那种双层冰激凌。

我想，某一天，她一定会光临我们店的。

到时候，我就把店里最漂亮、最好吃的冰激凌全拿出来招待她，我要对她说："爸爸不给你买，我给你买！"

这是在我心中整整埋藏了十年的话。

只是我不知道，十年以后的她，还喜不喜欢那种口味的冰激凌。

我永远也不会忘记，那个下着大雨的夏日午后，我去云倾一中高一（7）班蹭课时的情形。当时，因为走廊外面的雨声特别大，教室里的窗户又关着，我几乎把耳朵贴到了玻璃上，还是听不清讲台上那个女老师的声音。

正当我打算搬着凳子离开的时候，坐在窗户边的一个女生，在老师转过脸去写板书的一刹那，突然悄悄地站起身来，伸手，将窗户拉开了一条缝。

她的这一细微动作，班上的所有人都没有听见，但是我却全部看在了眼里。

她长得很漂亮，头发很长，扎了一个高高的马尾辫，穿了一身白色连衣裙，看起来像是一个高贵的公主。

女老师的讲解声从窗户的缝隙里清晰地传到了我的耳朵里——小车的动能，减去地面的摩擦力……

我抬起头来，看着眼前这位善良的女孩，突然有些感动。

她对我微微一笑，然后低下头来，拿起钢笔，做起了笔记。

说实话，第一次见到那个已经改名为陈若琳的女孩子的时候，我并不知道她就是程悦，小时候的她皮肤有些黄，头发也没有那么长，下巴也没有现在尖，十年的光阴，已经让我们两个人蜕变成了互不相识的陌路。

但是，不知道为什么，自从那一次相遇之后，我每一次蹭课的时候，总是会往高一（7）班的教室外面跑，仿佛在那个教室里有一股神奇的力量吸引着我，直到后来，我才知道，那原来就是亲情的力量。在此之前，我从来不敢经常去同一个教室外面蹭课的，我总是在他们上课十几分钟之后才蹑手蹑脚地走过去，又在下课之前离开，我怕被别人发现。

第四次去蹭课，下课之后，我将凳子搬到一个很少有人去的楼梯口拆解的时候，那个曾经为我打开窗户的女孩突然在背后叫住了我。

她说:"嗨!"

我回过头来,便看见了那个正从楼梯上背着手向我走来的她,以及那枚用红线挂在她脖子上的玉佛。那只玉佛质地和做工都属下品,却生生硌疼了我的心,因为我的脖子上也有相同的一枚,只不过男戴观音女戴佛,我的脖子上的是一枚玉观音罢了。

那两枚玉坠,是小时候爸爸开车去外地送货的时候花了一百块钱买回来的,分别送给了我们俩,没想到事到如今,她还戴着。

我微微地愣了一下,接着赶紧用手摸向自己的领口,手忙脚乱地将本来解开的第一枚衬衣扣子系上了。

"嘿嘿。"

我从来没想过,再次见到程悦的时候,自己会这样失了分寸,只能这般傻笑。

她笑笑地走上前来,歪着脑袋看着我,她的眼睛那么漂亮,睫毛很长,嘴角弯弯。

她说:"嘿,我怎么总是在下雨的时候遇到你啊?"

沉默半天,在最终也无法找到合适的答案回复她之后,我只能低下头来看着自己那沾满泥土的鞋子对她说:"可能……可能是因为每次见到你的时候连老天都在哭吧。"

你不知道,那一刻,我多想大声地告诉她:程悦,我是你哥啊,我叫程武,现在我来带你回家。可是,话到嘴边还是硬生生地吞了回去。因为,我突然间绝望地发现,隔了那么长的一段时间之后,我们已经不再是一类人。她已经变成公主一样高贵的女孩,而我,还是多年前那个没有出息,连亲人都留不住的我。

她疑惑地看了我一眼,可能没有明白我的话。接着,她上前一步,

将双手从背后拿出来,直到那时我才发现,她的手上捧着的是一沓笔记。

她说:"虽然你每天那么辛苦地来蹭课,但是也落下了不少课程吧,这是我做的笔记,希望对你有所帮助。"

我缓缓地伸出手去,她的双手那么细腻,那么白,而我的指甲缝里甚至残存着工地上留下的红色的砖粉。

我将笔记从她手中接过来,整个过程中,我都没有勇气抬起头来看她的眼。

"哒哒哒"。

她的脚步声越来越远,那一刻,我终于忍不住对着她的背影喊道:"程……"

"嗯?"她回过头来看着我,"你怎么知道我姓陈?"

因为程和陈听起来很像的缘故,那一刻,她根本就没有察觉到我呼唤的是她小时候的那个名字。

我尴尬地笑了笑,连忙转移话题道:"我只是想问问你叫什么名字,以后我好把笔记还给你。"

"真笨。"她微微一笑,"笔记上不都写着呢吗?"

我低下头来看着手里的笔记,笔记的右下方,三个娟秀的小字写着一个陌生的名字,陈若琳。

四

你不知道像他这样的小流氓,只是看起来挺威武的而已。

大刘建议我和陈若琳直接相认是在我将这件事情告诉他后的第二个星期,为此,他还专门向工头请了一天的假,几乎跑遍了全云倾城所有的甜品店，最终在一个很不起眼的小店里，找到了那种即将停产的冰激凌。

后来，当他小心翼翼地将那支冰激凌从自制的"小冰箱"里掏出来的时候，大部分都已经融化了。

于是，他干脆将那支冰激凌一股脑塞进了自己嘴巴里，含糊不清地对我说："算了程武，你直接告诉她你是她哥不就得了，那时候又不是你要将她送人的，再说了，你爸当时也是为她好，有什么东西比你们流着同样的血更重要啊。"

身材有些肥胖的他穿了一件白色的大T恤，上面还沾着粉刷墙壁时溅上的颜料，红橙黄绿，几乎每一种颜色都有。

我特意看了看自己身上那件向工友借来的西装，虽然穿在我身上的时候显得有些松垮，但比起大刘来说，形象好多了，于是心中不免有了一些底气。

在大刘的身后，云倾一中的电动大门已经打开，成群结队的学生，放学以后正如潮水般向我们涌过来。

在这些人之中，我还是一眼便认出了夹在人群之中的程悦。那一天，她穿了一件黑色的小T恤，淡蓝色的牛仔裤，这样的装扮，显得她的皮肤更加白皙。她的头顶上扎着一只粉红色的蝴蝶结，耳朵里塞着耳机，怀里抱着书本向我们走来。

"就是她。"

再次看到她之后，我的心突然又紧张了起来，微微拉了一下大刘，将嘴巴贴在他的耳边，轻声地对他说。

"嘿，不赖嘛，挺正点的。"

在听到大刘流里流气的回答之后，我抬起腿来狠狠地在他那滚圆的屁股上踢了一脚，我心想：那是谁啊，那是我妹啊，像你这种没什

么前途的打工仔也配对她品头论足？

可是转念一想，我跟他不也一样吗，我又有什么权利在十几年之后突然告诉她我是她哥，我有什么权利打扰她平静而幸福的生活？

想到此，我微微地向后退去，正当我打算灰溜溜地消失在人群之中的时候，大刘这个冒失鬼却猛地将我向前推了一把，于是，我便重重地撞在程悦的肩膀上了。程悦被我撞了一个趔趄，摘下了耳机，在看到是我之后，笑道："怎么是你啊，你是来还我笔记的？对了，上次我还忘了问你名字了呢。"

"他叫……"

大刘赶忙上前一步，想要对她说出我的名字，我却猛地搂住了他的脖子，示意他闭嘴。

然后，我伸手挠了挠自己的后脑勺，皮笑肉不笑地对她说："哦，我叫刘天生，以后你就叫我大刘好了。"

"干吗冒用我名字。"大刘自顾自地嘟囔了一句，好在程悦没有听清，我赶忙加大了手上的力度，大刘才老实了。

我说："只是碰巧遇见你了，想提醒你，走路的时候不要听歌，很危险的。"

在听了我的话之后，程悦微微一笑，拿起一只耳机塞到了我的耳朵里，于是耳机里便传来了朗读英语的声音——Task 1 Directions。

她对我做这一系列动作的时候，是那样自然。

我微微一笑，正打算将耳机从耳朵里拿出来还给她的时候，屁股上却被人猛地踹了一脚。

那一脚踹得很重，我和大刘踉跄了几步之后，双双跌到了地上。

再抬起头时，一个打扮得特别另类的男生已经搂住了程悦的肩膀，在他身边还站着其他几个男生，看样子，他们是个团伙。

那个男生其实我早就见过，他跟程悦同一班，总是对她眉来眼去的，我很早以前就想揍他了，结果现在却被他给揍了。

"你们是谁啊，敢打陈若琳的主意，你们不知道她已经名花有主了吗？"

在听到她的话之后，程悦猛地甩开了他的手，恶狠狠地看着他道："蒋云清，以后请你不要在别人面前随便说我跟你有什么关系，我根本就不认识你！"

"哟哟哟，还挺有性格，我就喜欢那么有性格的人。"

那名男生仗着自己人多，压根就没把我和大刘放在眼里，依旧对程悦动手动脚，那一刻，我终于看不下去，一下子从地上跳起来，朝着他冲了过去。

那一次，我和大刘两个跟他们六个打架，但万万没有想到，他们六个居然不是我们两个人的对手。要怪就怪大刘，我们干体力活干惯了，手上的力道很大，你打架就打架吧，干吗把蒋云清的脑袋像拍砖一样地拍啊，你不知道像他这样的小流氓，只是看起来挺威武的而已。那一次，被大刘打了几拳之后，蒋云清"扑通"一下就倒在了地上，一开始我和大刘还以为他是在装，后来，看到他脸色铁青，嘴唇发紫，双手一直在抖个不停之后，我们才发现事情闹大了。

再后来，我们便再次光顾了云倾的派出所。

五

冰激凌好甜，泪水好苦。

我和大刘在云倾打工赚的钱一共两万四千多块，全部赔给了蒋云清家，因为他被大刘打出了轻微的脑震荡，后来，我们还被拘留了十五天。

我跟派出所的民警说，如果陈若琳来看我，千万不要告诉她我的真实姓名，我觉得如果说以前我跟她还有相认的可能的话，那么现在，身陷囹圄的我，再也不想连累她了。

好在那位办案的民警对蒋云清的印象不好，据说在我们之前，蒋云清就是他们这里的常客。现在，我和大刘给了蒋云清教训，他挺佩服我们的，于是就答应了我的这个小小的要求。

而且，他好人做到底，在程悦来看我们的时候，压根就没让她进拘留室。

十五天后，我和大刘被放出来时才知道，我们原先打工的那个工地上已经重新招了小工，再也没有我们的容身之地了。

我和大刘到工地宿舍里面去拿自己的行李的时候，大刘突然苦笑一下，唱起了费翔的那首"归来吧，归来哟"，然后他从别的工人的枕头下面摸出一盒香烟，抽出两支来点燃，递到了我的手中。

之前，工地上几乎所有的工人都抽烟喝酒，只有我和大刘不抽，我们在拼命地攒钱，为的就是能够开家卖冰激凌的甜品店。

现在，所有的钱都赔光了，反而一身轻松。

大刘吐出一口烟雾之后，猛烈地咳嗽一声，问我道："打算怎么办,还去跟她相认吗?"

我低头看看夹在自己指间的香烟,长时间地沉默,直到烟头烧到了手指,刺痛之后,才笑着摇了摇头,说:"不去了,知道她过得很好,我就满足了。"

大刘拍了拍我的肩膀,没有再说话。

我转过身,将程悦借给我的那几本笔记翻出来,轻轻地拍掉上面的尘土,塞进了一个书包里面。

我说:"大刘,你帮我把这些笔记还给陈若琳吧,我不想再见她了。"

那是我第一次用"陈若琳"这个名字来称呼程悦,不知道为什么,每当念到这个陌生的名字的时候,我都很想哭。

大刘点了点头,从我手中接过了书包。

我和大刘离开云倾回北镇时,云倾城下了好大好大的一场雨,雨水落在灰色的柏油路面上,腾起一层高高的水雾,看不清去路与来路。

我抱着已经空了的书包,靠在公交车最后一排的车窗旁,漠然地望着窗外这座正在哭泣的城市,汽车驶上高速之前,乘务员曾经对我们说:"各位乘客注意了,汽车一旦上了高速便不再停车,有需要方便的乘客,请在前面的中转站解决……"

大刘去中转站上洗手间回来的时候,手里拿了两支小时候的那种冰激凌,他一边将雨伞塞到座位下面,一边将其中一支递到了我的面前。

他说:"没想到在这么偏僻的地方还有卖这种'古董'的。"

我面无表情地将冰激凌接过来,舔了一口,突然就趴在前排座位的靠背上,大声地哭了出来。

冰激凌好甜,泪水好苦。

大刘怕别人笑话，紧紧地搂了一下我的肩膀，说："程武，你有毛病啊，有什么大不了的啊，等以后咱有钱了，再来云倾找你妹妹不就得了？"

车轮碾在布满雨水的路面上，发出"沙沙"的声响。

我将书包紧紧地贴在自己的胸口，却猛然间发现，书包里还落下了一本笔记，我将本子掏出来，漫不经心地翻着。

那是一本化学笔记，只写了一半，后面的全是空白，为了掩饰自己的难堪，我只能低下头，一张张地翻着后面的空白页，翻到最后几张的时候，几行小字却突然映入了眼帘。从字迹上不难分辨出，那些字是程悦写的。

她写："哥，其实第一次见到你的时候，我就认出了你，还记得我第一次给你开窗时的情形吗？那之后，我之所以快速地低下头，是因为怕你看见我红红的眼睛。"

她写："哥，请原谅当初你喊出那个'程'字的时候我没有勇气和你相认，因为我一看到你，就会想起小时候那些悲伤的事情，我怕你们再次离我而去，如果和你相认了以后，注定要再次分离，我宁愿如今遇到的那个人，他不是你。"

她写："哥，你还记得当初爸爸将我送人时的情形吗，我之所以要一支冰激凌，是因为冰激凌是甜的。如果你能够保证，以后再也不会抛弃我，那就请你来告诉我吧。我不敢首先开口，是因为我知道，自己的愿望从来都没有实现过，就连与你们分开时的最后一个愿望，爸爸都没有满足。"

六

云倾城的天空再也不会哭。

  眼泪一滴滴地落在白色的纸张上，我看着被泪水模糊掉的字迹一会儿哭一会儿笑。

  知道吗程悦，现在我要回家去，当爸爸问我到底见没见到你的时候，我要告诉他你过得很好，然后他就放心了。

  就再也不会整天看着你贴在墙壁上的那些早已泛黄的蜡笔画发呆了。

  然后，我就和大刘一起回云倾去找你。

  我们俩打算抬着一只巨大的冰箱，装满你爱吃的冰激凌，到你们学校门口去找你。这点你不用为我们担心，我们是民工，力气很大的。

  当然，我们还要选择一个万里无云的日子，太阳从头顶照下来的时候，你一定会笑得很好看，你就再也不会问我说"为什么我见你的时候天总是在下雨"了。

  因为，云倾城的天空再也不会哭。

· 晨光熹微少年时 ·

你在我的心里过期居留

我打个哈欠,伸个懒腰,歪着脖子对着楼下的周雅鱼吹了一个口哨,说说:"嗨,那么努力呀?"

我不知道,你们有没有像我一样,曾经很多次幻想自己在最美的年华里悄然死去的情形。

我是一个无神论者,但我还是希望,自己的灵魂在躯体死去之后,能够存活几分钟。我想看一看,当自己那早已冰冷的尸体躺在床上的时候,有没有一个人,会为我悲痛欲绝,如果那样,此生便已无憾。

我想知道,那个被我恨了一辈子的男人,会不会真的伤心。

想到这里,躺在竹躺椅上的我微微转过头来,睁开了布满倦意的双眼。

右手边的桌子上,摆着一台老旧的电风扇,微风透过半开的木格窗吹了进来,吹动了风扇页片,发出缓慢的"哒哒"声响。几声小贩的吆喝声,从楼下的小市场上断断续续地传过来。我站起身,穿着人字拖走到窗边,拍了拍正卧在窗台上打着瞌睡的臃肿花猫,将脑袋探出了窗外,脑袋却碰上了从楼外伸过来的桂花树的花枝。

我闭上眼睛,深深地吸了一口气,鼻腔里立刻充满了香甜的气味。

楼下,水泥路的对面,有一家小小的冷饮店,店里面挂满了用五颜六色的便笺纸串起来的风铃,那些便笺纸上写满了留言,都是曾来小城旅游,在这家冷饮店逗留过的旅客所留。

小店的门口,摆了一张白色的桌子,一位身穿蓝色连衣裙的女孩,正趴在桌子上一丝不苟地写着作业。

是了，那便是周雅鱼了，在我的印象中，她是这几条街区内，长得最好看的女孩，是父母教导我们这些小屁孩时经常挂在嘴边的榜样。

好在，我的爸爸，从来没拿她来教育过我。

因为，他觉得我已经朽木不可雕。

我打个哈欠，伸个懒腰，歪着脖子对着楼下的周雅鱼吹了一个口哨，我说："嗨，那么努力呀？"

她抬起头来，眯着眼睛看向我的方向，在确定从窗口伸出头去的那个人是我之后，搬起小桌子，走回了店中，然后猛地关上了玻璃门。

"当"。

我轻笑一下，摇了摇头，自言自语地说道："瞧见没有，邵云朴，这个女生就是这么有性格。"

此时，身后的房门突然被撞开了，几个跟我差不多大年纪的少年一股脑冲进显得有些局促的屋子里，二话不说，抓住我就是一阵暴打，花猫尖叫了一声，踩着我的脑袋跳到了不远处的桂花树上躲了起来，蹭掉了好多树叶，发出窸窸窣窣的声响。

为首的那个少年看着坐在墙角嘴角流着血的我，狠狠地放话道："邵云朴，以后你最好老实点儿，手脚放干净点儿。"

他的名字叫江小北，爸爸江大北在小城里开了一家药店，前两日，我曾经去药店里偷过一些治疗风湿的药，所以今天他便带着一帮小流氓找上门来了。

但我知道，他们之所以揍我，主要的原因并不是因为我拿了他家的药，那只是一个借口，他们之所以揍我，是因为我经常对着周雅鱼吹口哨。在江小北的心目中，周雅鱼是他的朋友，他爸爸是小城里面最有钱的人，而她又是小城里面最漂亮的女孩子。

虽然，周雅鱼也许根本就没正眼瞧过他。

我笑眯眯地对他说："江小北，你最好把我打死，否则你就死定了。"

听了我的话，江小北本来还想在我脸上踹几脚，可是此时楼下却传来了一阵凌乱的脚步声，于是他们便"呼啦"一下冲了出去。他们下楼后没多久，一个酒气熏天的中年男人就推门进来了，看见坐在地上的我后，他突然将手中的酒瓶往地上一摔，大叫一声就冲到楼下去了，我知道，他肯定是去堵截江小北那帮人了，他想为我报仇。

可是，他喝了太多酒，腿脚不灵便，于是刚一出门，楼道里便传来了一阵"叮咣叮咣"的乱响。等我缓缓地站起身来，走到门口时，看见他已经沿着木楼梯滚了下去，此时，正躺在楼梯拐角处的平地上睡着了。

是的，那便是我爸了。

二

我相信你跟江小北一点儿关系都没有，像你这样优秀的女孩子，怎么会和我们这样的小痞子做朋友呢？

我对着窗户的玻璃，将上次偷药时顺便从药店里拿回来的创可贴贴在被江小北揍花的脸上。窗外不远处的铁路道口，正有运送木材的火车通过，道口的喇叭里发出了"叮叮"的警报声，一辆正要从道口经过的老电车在听到警报声以后，摇摇晃晃地停了下来。司机打开车门，点了一支烟。

我转过身来，看向已经被我扶到躺椅里的男人，他的胸口盖着一条薄毛毯，一条黝黑的胳膊从毯子下面耷拉下来，肌肉早已失去了曾经的光泽，只有那爬满整条臂膀的青龙文身，还在静静地向早已物是人非的世界显示着当年的辉煌。

是的，他曾是在云倾城里响当当的人物——一个大痞子。

在我两岁的时候，他因为过失杀人，被关进了监狱，这一关就是整整十一年。

他的手腕上有一道难看的疤，那地方原本文着的是我的名字，几年前，我声嘶力竭地对他大喊"以后别说我是你儿子，我觉得丢人"之后，他便在替我烫衣服的时候，用熨斗将它烫成了一块再也无法辨认的疤。

他说："云朴，爸爸知道对不起你，也对不起你妈，爸爸以后会好好补偿你的。"

后来，为了兑现诺言，他曾去很多地方找过工作，无奈，那些老板在听说他有前科之后，纷纷找了各种理由拒绝。没有办法，他便做起了小生意，可是两年前又被人以合资的名义骗光了所有的积蓄。从此以后，他便一蹶不振，迷恋上了烈酒，晚上经常会醉倒在某一条不知名的阴冷街口。长此以往，他便患上了严重的风湿病。

我也就是在那时候，永远离开了学校，因为他赔光了所有的钱，还欠下了一屁股外债，根本就没能力负担我的学费。

他的风湿病十分严重，特别是在这样潮湿的季节，每天晚上都难以入眠。

后来，我不堪忍受他刻意压制的呻吟声，便跑到江小北家的药店里，帮他偷了一些药。

他微微咳嗽了一声，缓缓地睁开了双眼，在看见我帮他盖在身上的毛毯后，眼圈突然红了起来，我赶忙重新将目光转向了窗外。

他尴尬地咳嗽了一声,起身将毛毯重新放回到床上,自言自语道:"还是儿子心疼老爸。"

原本只是一句随随便便的客套话,却深深地刺痛了我的心,于是,我转过身来对他大吼道:"谁是你儿子呀!你有什么资格做我爸?真不明白当年我妈为什么死心塌地地跟着你!"

我说:"她应该在我生下来之后,就把我扔了,然后远走高飞嫁给一个好人,过幸福的生活,而不是守着这个破家,足足等你十一年。后来怎么样?还不是活活把自己给累死了!"

听到我的话之后,他不再说话,站在原地,瞪大眼睛怔怔地看着我。我用肩膀将他撞了一个趔趄,摔门而出。

不知道为什么,下楼的时候,我突然就哭了。

眼泪毫无声息地滑落,落进早已霉败的木地板里,再也找不到踪迹。

我想,我永远也不会忘记,得了严重肾病,在弥留之际的妈妈,拉着我的手对我说的那句话:"云朴,妈妈不后悔,因为我们是一家人,再苦再累,也不能抱怨。"

楼道外面,阳光静好。

温暖的光线,从桂花树的叶子中间照下来,一地光斑。

我缓缓地走到周雅鱼家冷饮店的旁边,我想走进去买一杯冷饮,并借此机会跟她说一说话,可是,我的兜里没有半毛钱。我送外卖赚来的那点儿钱,全被爸爸拿去买酒了。

我要有钱,上次也不至于去药店偷药了。

在我即将经过店门口的时候,门却突然被拉开了,周雅鱼走出来,低头看着路面问我说:"邵云朴,刚才江小北他们又去找你麻烦了吧?我刚看见他们从这边跑过去了。"

你不知道那一刻我多想撒谎说江小北他们是被我打跑的,可是我脸上的创可贴却分明向她诉说着自己的狼狈。

我尴尬地笑了笑,没有回答她。

片刻之后,她四下张望一番,在发现没人看见之后,飞快地走上前来,将一杯冰冷的红茶递到我的手中,解释道:"冰一冰伤口吧,要不然该肿了。"

她还说:"邵云朴,你要相信我,江小北真的不是我叫去的,虽然你天天对我吹口哨,天天骚扰我,但我真的跟他一点儿关系都没有。对不起。"

说完话,她便飞快地冲进了屋子里面。

手捧冰茶的我,看着她的背影突然就笑了。

是的,周雅鱼,我相信你跟江小北一点儿关系都没有,像你这样优秀的女孩子,怎么会和我们这样的小痞子做朋友呢?

三

是的江小北,你这个痞子说得对,云倾城里有个少年,根本没有权利幸福

我最喜欢做的事情就是到周雅鱼所在的云倾一中送盒饭。

学校里食堂的大师傅偷懒,直接从我所在的那家外卖公司批发了盒饭,再加价卖给学生。

把盒饭送到以后,我通常会靠在食堂角落的阴影里等着周雅鱼的出现。

我还曾跟食堂的师傅打过招呼,让他往周雅鱼的盒饭里多放一只鸡腿,我说她是我妹妹,亲的。

不知道为什么,熙熙攘攘的人群之中,我总是一眼就能找出周雅鱼。每次看见她以后,我都会不由自主地向后撤一撤身体,藏进阴影里面,虽然我知道,就算我不动,她也绝对不会看见我。我想,如果不是因为爸爸轻信那个商人的话,现在,我也许还是他们中的一员。

她有一头黑亮的齐耳短发,笑起来的时候会将牙齿衬托得更加洁白,她就夹在一群学生中间,向着食堂走去。每每看到她以后,我都会像完成了任务一般,长长地叹口气,然后跳上停在一旁送外卖用的红色摩托车,轰起油门向着校外开去。

摩托车后座上的塑料箱上,用油漆刷着几个醒目的大字——云飞记。

那是我所打工的那家快餐店的名字,老板是我远房的一位表叔。

然而,那一天,我的车子刚刚开出校门不久,就被江小北那一伙人给拦住了。寂静的胡同里,墙头上开满的花朵之下,他将一只脚踩在蓝色垃圾筒的盖子上,做出一个自认为很帅的动作,用一种轻蔑的口气对我说:"邵云朴,你还真够胆啊,都追到我们学校里来了。"

说着话,他跨出一步,走上前来,一把打掉我脑袋上的帽子,双手环抱在胸前,冷冷地对我说:"不是我说你啊,邵云朴,像你这样一个杀人犯的儿子,有什么权利跟周雅鱼做朋友?别说她讨厌你,就算她不讨厌你,你能给她什么呀?"

说到此,他顿一下,重新开口道:"难道你想让她也变得跟你妈妈一样,一辈子穷困潦倒,最后为了照顾你活活累死吗?"

我的脸猛地抽搐一下，咬了咬牙，最终还是忍住了，毕竟他说得不无道理。

　　微风吹来，几片蔷薇花的花瓣飘摇而下，落在了我的鼻尖，又缓缓地扑到了地上。我把车子靠到一边，从他们几个人中间挤过去，蹲下身，想要捡起地上的帽子。然而，就在那一刻，江小北却上前一步，重重地踩在了我的手背上。我手背吃疼，条件反射似的跳起来，抬腿便踢在了他的脸上。

　　那一次，我踢掉了江小北的两颗门牙，他们砸烂了我送货的摩托车。

　　后来，我推着那辆已经发动不起来的摩托车，沿着布满了红白两色花朵的小巷子向前走去，快要走到路口的时候，周雅鱼却从背后气喘吁吁地追了上来。她在背后大声地叫我的名字，她说："邵云朴，云朴，云朴！"

　　我知道，她一定是在学校里面遇到了江小北，她一定知道，整个云倾城只有我这个不要命的二愣子，敢在他头上动土。

　　可是，我却不敢回头。

　　我的样子是多么狼狈啊，头发凌乱不堪，脸上五彩斑斓，白色衬衣的扣子被江小北扯掉了两颗，露出了消瘦的胸脯。

　　于是，我只能背对着她，仰起手来对她挥一挥，我说："回去吧周雅鱼，我没事的！"

　　最后一个字，从嗓子里面喊出来的时候，我明显地感觉到自己的声音有些抖，于是猛地推起摩托车，在她即将赶上来的那一刻，发足狂奔。

　　是的江小北，你这个痞子说得对，云倾城里有个少年，根本没有权利幸福。

四

> 我曾梦想着，在某一个冬天，和周雅鱼沿着那么长的铁道一直走，天空中飘满了白色的大雪，在走到某个地方的时候，越来越多的大雪就把我们埋葬了，等到大雪融化的时候，就到了春天，花就开了。

我从来没有问过爸爸当年为什么会杀人，因为我一点儿都不关心。

江小北的爸爸江大北来我家要他赔偿他儿子的那两颗大板牙之后，他戒掉了烟酒，又开始四处找零工做。

偶尔，当我站在窗台上看向铁路道口的时候，他也会试探着跟我开玩笑说："儿子，你是不是想和雅鱼做朋友啊，想什么就勇敢说出来吧，要不然什么都晚了。"

他怎么会明白，怎么会了解，我之所以喜欢站在窗口向着远处眺望，并不仅仅是想要看见周雅鱼。比起周雅鱼来，我更向往自由。我不知道那些火车会开到哪里，我也不知道它们所去的那座城市里会不会也有人像我一样伤心。我曾经不止一次地梦想着，有一天自己翻过了道口，爬上了某一辆货车，去向某一座新的城市。

我只是想要逃离，我不知道事到如今，自己为什么还固执地停留在这座早已经没有了爱的城市里。

我冷冷地看他一眼，转身向屋内走去，与他肩头交错的瞬间，我听见他从胸膛里发出一声微微的叹息。

是的，我猛然间发现他老了，老到早已没有人记得他那个曾经响彻整个云倾城的名字——邵泽海。现在，人们都喜欢叫他老邵，这样的称呼，跟其他人并无任何区别。

我从没想过邵泽海会亲自找到周雅鱼，并且大言不惭地对她说："我家云朴想和你做朋友。"

十月里，窗外的桂花已经落败，他穿着一件肥大的T恤，敲了敲周雅鱼家冷饮店的玻璃，将她叫到了路口，笑呵呵地对她说出了那句话。站在窗口的我清清楚楚地看见，他在跟周雅鱼说话之前，还在自己的衣服上蹭了蹭手心，这是他的一个毛病，他一紧张，手心就出汗。

他的声音那么大，甚至站在对面的我都听见了。

话一出口，正在喝水的我呛了一大口，差点儿没从二楼窗户跌出去。于是我就恼了，连滚带爬地冲下楼去，拉起他的手，想要把这个"疯子"拉回家。然而令我万万没有想到的是，那一天，原本被他的鲁莽吓得愣在原地的周雅鱼，在看到我们父子俩推来搡去的动作后，居然对着我笑了。

我还以为，她是被邵泽海给吓傻了呢。

被我拉回房间里的邵泽海还在自顾自地碎碎念，他说："云朴，你不懂，今天爸爸替你说出了口，无论结果怎么样，你的心中就没有遗憾了，要不，你会后悔一辈子的。"

我压低声音对他吼："我的事情不用你管，我跟周雅鱼之间根本就没可能！"

他的喉结上下动了动，看样子想要对我说些什么，最后却没有说出口。窗台上的花猫，对我们俩的这种争吵早已司空见惯，只是睁开眼睛看了看，抖了抖耳朵，继续睡去。

五

> 我始终忍着没有哭,我觉得我们这一生,就像是进行着一场永远没有尽头的战争,如果我哭了,就代表我输了,所以我才不要哭

用了整整两个月的时间,邵泽海终于还上了给江小北补牙的那两千块钱。

除此之外,他还自作主张地去当地一家民办学校为我报了一个补习班,打算让我重新回到学校。

事到如今,我依然记得自己将那张蓝色的入学通知书摔到他脸上时的情形,我说:"我不要你管我,我才不指望你的臭钱。"

那时的我固执地以为,他一定又干了什么见不得人的勾当才赚到了那些钱,那时,我以为我是恨他的,直到很久很久以后,当我有了新的生活,才猛然间发现,当年的自己对他之所以那么决绝,其实最根本的原因,是怕他因此再次被抓进监狱。只是,那么深沉的爱,我们彼此始终都没有学会该以哪种方式表达。

然而,当我明白这一切的时候,一切都已经晚了。

因为,第二天,他就去世了。

他的死,来得那么突然,据说是在工作的时候,由于长时间超负荷工作,引发了心肌梗死,死在了厂房里。直到那时我才知道,那些日子,他一直在又脏又累的垃圾处理厂上班。这种活,虽然报酬相对高一些,但是也很少有人愿意去做,所以,他才能有机会。

他就那样安静地躺在那里,衣服上布满了垃圾池里溢出的污秽,宛如他的一生。

我站在原地，始终不敢走上前去，因为我觉得他没有死，就在昨天还跟我大吵大闹的他，怎么突然就死了呢，他的命才没有那么娇贵。

我蹲在地上，发现自己的手在不停地抖。

那几日，我始终忍着没有哭，我觉得我们这一生，就像是进行着一场永远没有尽头的战争，如果我哭了，就代表我输了，所以我才不要哭。

邵泽海的葬礼很简单，除了几个邻居和当年羁押他的一名狱警以外并无他人。

那名警察后来告诉我，其实他当年之所以杀人也是有苦衷的。当年他和自己的一个兄弟喜欢上了同一个女人，后来，出于哥们义气，他始终没有开口。再后来，那个女人便嫁给了他的那个兄弟，并且生下了一个男孩。可是后来，他的那位兄弟经常喝醉酒后回家虐待老婆和孩子，眼看着曾经心爱的女人整天被打得遍体鳞伤，有一天，他终于没忍住失手杀了那个人。

一直被妈妈告诫不要跟我走得太近的周雅鱼那几天也来了，她来我家，帮我收拾爸爸的遗物。

当她把那张从箱子里面翻出来的结婚证书摆在我面前的时候，我突然再也忍不住，"哇"的一声哭了。

因为，那张结婚证书里面，靠在妈妈身边的那个男人，压根就不是他。

我终于明白，那名警察口中的可怜女人指的就是我妈，而那个男孩就是我。我终于知道，妈妈为什么在他入狱以后还痴心不改地等了他十多年。

这些年，我一直不知道事情的真相，是因为他央求邻居们不要在我面前提起这件事，他不想在我幼小的心灵中留下阴影。我还记得，某一年的某一天，刚出狱不久的他，在我面前挽起文了我名字的胳膊时，脸上孩子一般单纯兴奋的表情。他说："云朴，爸爸把你的名字文在身上了，以后，我们就是真正的一家人了，从此以后，你便是长在我身上的肉。"

我突然不知道，这样一直陪在我身边，包容我、爱护我的男人，到底是谁，到底该怎样地隐忍，才能原谅我这么多年的误解与抱怨。

整整三日，我都默默地为他守灵，我始终盯着他露在裹尸布之外的某根手指，眼睛一眨不眨。我始终固执地认为，他还会坐起来，还会活过来，他还没有死。我觉得他的那根布满了硬茧的手指，也许真的会在某一刻突然动一下，然后整个身体，慢慢地，一寸寸地复苏。

当然，他再也没有醒过来。

三天后，我只是木讷地从殡仪馆工作人员的手中接过了一包还有些烫手的骨灰，我把它紧紧地捂在胸口，喃喃地，第一次用轻到不能再轻的口气问他："爸，你怎么那么轻啊……"

我明明记得，以前我每次把酒醉以后的他拖回家来的时候，都很吃力的。

六

启明星暗淡，晨光熹微

离开这个地方，是在第二年的三月。

我没有告诉周雅鱼，没有告诉自从我爸过世就没有欺负过我的江小北，也没有告诉任何人。

启明星暗淡，晨光熹微。

我翻过铁路道口的篱笆，沿着长长的铁路向着不知名的方向一直走,一直走。在我身后的不远处,一只花猫不远不近地跟着,后来,我干脆将它放进了我的背包里。晨风吹拂着路旁的树叶,发出"沙沙"的声响。

我不知道,自己将在哪一个再也走不动的道口,偷偷爬上哪一辆远行的火车。

我终于明白了爸爸对我说过的那些话,他说有些爱,如果没有及时地说出口,注定悔恨终生。

如果真的是那样,对于云倾,我已无憾。

因为在某个尚且炎热的秋日午后,某个腆着大肚子的怪老头,已经替我向那个女孩说过了,那句我注定一辈子也不敢说出口的话。

我终于知道,有些时候,选择离开一座城市,并不一定是因为这座城市已经恋无可恋,而是因为那里充满了太多太多,不忍回首的,深沉的爱。

久违以及
回归的春夏

梁丝丝穿着一条素花连衣裙，站在我家大门外面喊我的名字。我把窗帘扒开一条缝，看见黑铁栅栏在她白皙的脸上投下一道道光影。有那么一瞬间，这个锲而不舍的女生的确让我感到很泄气。

我推开房门，站到门前的台阶上时，"麦香鸡""嗖"地一下就蹿到我的跟前来了。我轻轻地抚摩一下它背部无比光滑的毛，然后仰起脸来冲着梁丝丝恐吓道："梁丝丝，你知道吗，我们家这可是条大狼狗，咬一口二两肉呢！你还不赶快走？"

十米开外的梁丝丝用鄙视的眼神在我和"麦香鸡"的身上扫视了一遍，气定神闲地对我说："耿乐，你骗三岁小孩子呢？你们家那条狗明明就是可卡，算什么狼狗啊？你别跟我啰唆了，上次打赌你输了，输了就要认罚，你可别让本小姐看不起你啊。"

我拍了拍麦香鸡的脑袋，说："阿鸡，上！"

于是，这条叛徒狗就慢慢悠悠地钻过半米高的狗洞扑到墙外的梁丝丝的怀里了，还在她那张可恶的脸上忘情地舔了几下。我想，梁丝丝的那张脸，在来我家逼债以前，肯定在卖猪肉的案板上蹭过了。

那天下午我们坐在快餐店大厅窗户边的一个位置上，讨论阿鸡到底是可卡还是金毛的时候，林阿斗就来了。两只小眼睛贴在我们面前的玻璃上左看看右看看，就是没有发现近在咫尺的我们。

梁丝丝伸出手指在他两眼之间的玻璃上敲了几下："阿斗，我们在这儿呢。人家都说小眼睛聚光，但是你的小眼睛怎么好像散光啊？"

林阿斗进来后，随便在桌子上扒拉了一根鸡翅就塞进嘴巴里，跟我说话的时候脸上的表情要多谄媚有多谄媚。他说:"欸,耿乐,你们找到下手的目标了吗?这次不知道哪位姑娘又将落进你那残忍的摧花手里了……"

我很无奈地耸耸肩,用企求的口吻对旁边的梁丝丝说道:"梁丝丝,上次打赌是我输了,可是咱别用这么变态的惩罚方式好不好?你让我干什么都行,只要别让我故意在一个陌生人面前晕倒。"

她紧紧抿住嘴唇,然后笑着摇摇头。

结果十五分钟后,我只能闭着眼睛故作头晕状随便地倒在了一个陌生路人的脚下。阳光如此强烈地照在我的眼皮上,我甚至能清楚地听见自己因羞愧而产生的剧烈耳鸣声。

短暂的慌乱过后,我感觉到自己的眼皮被两根微微泛着凉意的手指掀开,北方小城浓烈的阳光透过她狭长的手指缝隙射进了我的瞳孔里。她原本凑近我的身体,猛然向后退去,然后站起身来,一边俯视着看我一边对旁边的人说:"这个人没病,大家不用报警了。"

那一瞬间我几乎忘记了处境的尴尬,呆呆地躺在市中心最喧闹的大街上,身体呈"大"字形摊开。我想,一定是生活的美好让我变得如此慵懒。

她伸出脚来在我的夹指拖鞋上踢了三下:"同学,躺在马路中间真的很舒服吗?"

我认真地仰起脖子来点点头,虽然我不知道自己点头干什么。

她"扑哧"一下笑出声,弓着身子把右手伸到我的面前。我轻轻地握住她的指尖,缓缓地站起身来。后来林阿斗告诉我,隔着快餐店海蓝色的玻璃,那一刻他用绿豆一般的小眼睛,发现我笑得很傻。

看着她转身离去的背影,我突然就想说些什么,于是赶紧上前一

步拉住她的胳膊，说："同学……那个……那个……感谢你刚才救了我一命，我……我能不能请你吃个饭？"

她转过身来将我上下打量了一番，笑道："你的搭讪方式倒是挺特别的，一下子就敢扑到人家姑娘的怀里，还在光天化日之下装病！"

二

如果说遇到梁丝丝是我的不幸的话，那么护士小姐曾佳仪的出现，无疑是一场灾难。最让我感到绝望的是她们两个很快就结成了统一联盟，林阿斗本来算是个中间派，现在一看男人的这半边天呈现出了倒塌趋势，就乐呵呵地当了叛徒。而我呢，只有一条经常被人误认为是可卡的、向来不服从指挥的金毛狗。

曾佳仪就读的那所卫校跟我们的学校只有一墙之隔，这样一来，她就有了理由，也有了机会从有一条豁口的围墙处，一步跨到我们学校来。

星期天，我坐在沙发上训练"麦香鸡"用鼻子顶香肠，另外三个人坐在客厅的地板上看电影，窗外有一只不知道从哪根烟囱里钻出来的黑麻雀，叫个不停。

半个小时后，麦香鸡被我成功地练成了斗鸡眼，口水流了一地，看着它那可怜的样子，我突然感到口渴，可是冰箱里的饮料已经被他们扫荡一空了。

梁丝丝的眼睛直勾勾地盯着电视屏幕，摆摆手说："耿乐，你去买两瓶回来不就得了。"

我在楼下那间"绿皮铁盒"般的小卖店里买了一瓶可乐,仰起头来对着太阳一口气喝下去,可能是喝得太猛,我顿时觉得头晕眼花。我弓下身子,打着饱嗝,抬头的时候就看见妈妈了,她正挎着那个只有十八岁女孩才用的花书包风风火火地朝我的方向赶过来。

完了!我开始没命似的往回跑,妈妈不是说今天要出差吗?怎么现在又回来了?

我"哐"的一声推开房门,把沉浸在剧情中的三个祖宗逐个摇醒。

"快!快!我妈回来了,你们赶紧走,她这个人有洁癖不喜欢我把别人带回家里来。"他们听了我的话,在林阿斗的带领下拔腿就跑。这家伙曾经领教过我妈的厉害,为我家足足擦了两个礼拜的地板。

刚出了房间门,几个人却又折了回来。林阿斗气喘吁吁地说:"你妈……你妈已经到大门口了!"

曾佳仪灵机一动:"跳窗!我们跳窗吧,反正你们家只有二层,跳下去也不会缺胳膊少腿的!"

事到如今也只能按照她说的,把他们一个个塞到窗外去了。轮到曾佳仪的时候,她的白裙子竟然钩在了一根突起的钉子上,"刺啦"一声,随即响起一声她的惨叫,然后她就从我的面前消失了。

房间里一片狼藉,我也只好将错就错了。我把冰箱的门拉开,把所有的食物都划拉到地上,又胡乱地撕开一大包薯片倒了满地,最后很邪恶地把无辜的麦香鸡拉过来——打屁股。

妈妈推门进来的时候,一下子就愣了。她说:"耿乐,你又在搞什么名堂!是不是又带那些乱七八糟的朋友回家了?"

我尽量表现得无辜、再无辜点儿,指着麦香鸡说:"今天早上忘记喂它了,我一觉起来房间就成这个样子了。"

妈妈看看低眉顺眼的麦香鸡又看看我，脸上露出一副难以置信的表情。我正想着怎么蒙混过关呢，梁丝丝那丫头就折回来了，差点儿把我妈撞翻在地。我看见她整理了一下头发，恭恭敬敬地对着我妈妈鞠了个九十度的躬，然后转过头来冲我说道："耿乐，你家有没有创可贴？曾佳仪的腿流了好多血。"

当我拿着三片创可贴跟着她走到我家房子后面的小草坪的时候，看见曾佳仪正有气无力地躺在林阿斗的怀里，脸色苍白得像是一张没用过的素描纸。

我轻轻地揭开她被鲜血染红的裙子，那伤口足足有十几厘米长，别说三个创可贴了，就算是三十个都不一定能贴得住。

我对着二楼敞开的窗户声嘶力竭地喊："妈！妈！"后来甚至直呼其名，"徐美辰，你快下来开车把曾佳仪送到医院去！要出人命了……"

三

曾佳仪那条像小白杨树干一样漂亮光洁的小腿上一共缝了十九针，缝成了一只张牙舞爪的大蜈蚣。十九，正好是我的年龄。

我把绿皮橘子扒成莲花的形状，摆在曾佳仪的病床前。她嘴唇紧绷，木木地看着我，我说："曾佳仪，那天是我把你推下去的，你就吃点儿吧，要不然我老觉得自己欠了谁两百块钱似的。"

她依然不言语，我试探着把手伸过去，想要摸摸她的额头，看看是不是发烧了。摔一下不会是摔傻了吧？可又不是脑袋着的地啊……

她一下子把我的手打开，咯咯地笑出了声音。她说："耿乐，你会不会买水果啊，怎么全都是橘子，我又不爱吃橘子！"

我很疑惑地看着她说："可是我觉得橘子是最好吃的呀，我最喜欢吃的就是橘子。"

她无奈地摇摇头，然后认真地教导我说："耿乐，以后记住了，千万不要以为自己觉得最好的，也是别人认为最好的。"她还说，"耿乐，你妈妈的车挺漂亮的，没想到她还是个女强人。"

我笑了笑，强行把一瓣橘子塞进了她的嘴巴里。

曾佳仪在医院里住了三天就出院了。出院的那天，我看着她拄着拐杖一瘸一拐的样子，突然特别难过。林阿斗贴着我的耳朵小声地说："耿乐，我觉得曾佳仪从今天开始就与穿裙子的时代告别了，这都怪你，你可得负责啊！"

我压低声音推卸责任地说道："阿斗，你说什么呢，要负责也是你负责，谁让你那天非把她带到我家的……"

"耿乐，这话可是你说的！万一哪天我真的对她负起责来，你可不能后悔啊。"

路边枫树叶的影子落在曾佳仪消瘦的肩膀上，头发服帖地盖住了她的半只耳朵，另外半只暴露在阳光下，能够清晰地看见毛细血管纠缠的纹路。我拍拍她的肩膀："曾佳仪，以后你想来找我们玩的时候就给我发个短信，别再从围墙那地方过了。你的腿现在不好使了，不安全。"

她的脚步停顿一下，转过脸来，努力挤出一个笑容，对着我点点头，说："耿乐，是不是非得等到我身上的某个部位不灵光了，你才会想起怜香惜玉来呀？"

一句再平常不过的玩笑话，此时此刻，从她嘴里说出来，却如此落寞。

自从这次事故以后，我和曾佳仪的关系似乎比以前更近了一步。她把她的裙子全都送给了梁丝丝，有短款的运动休闲裙，有长款的蕾丝花边裙，五颜六色地塞了整整两书包。她在两米开外把这些东西一下子扔到梁丝丝的怀里，然后大跨步，抬头挺胸地走向坐在花坛边上的我和林阿斗。

我看见她穿了一条颜色很淡的牛仔裤，纯白的大号T恤，帆布鞋子洗得那么干净，如同我童年时期天空中的云彩一样简单鲜亮。

林阿斗勾勾手指头，说："来来来，曾佳仪，我正有一样东西要给你呢！"边说边从口袋里掏出一个细长的瓶子来，"这是我二姨去香港的时候专门给我带回来的疤痕灵，准备给我治脸上的痘痘的，现在它属于你了！"

还没等曾佳仪反应过来，梁丝丝已经把那瓶东西抢到自己手里了，还意味深长地说道："噢……林阿斗，有这么好的东西怎么只想着曾佳仪啊，你是不是打算让她赶紧把腿养好了，好把这些裙子再要回去啊，美得你！"

林阿斗脸突然红了起来："说什么呢你，大家都是一条战线上的，至少得有点儿起码的人文关怀吧？"

梁丝丝仿佛没有听见一般，倒退几步从我们身边跑掉了。林阿斗的手抓了个空，连忙起身去追。

曾佳仪围着我转了一圈，然后在我左手边站定，双手背在身后，眼睛看向远方，似乎很心不在焉地跟我说："没看出来林阿斗这个人还挺细心的，某人要是有人家一半的觉悟就好了。"

为了掩饰尴尬，我换了个姿势，蹲在了花坛上。

曾佳仪也学着我的样子蹲下来，光线太明亮，我甚至能看见她脸上的细小绒毛在微风中舞蹈。

我眯着眼睛，故意装出一种昏昏欲睡的样子，说："曾佳仪，你的帆布鞋子太白了，白得晃眼。我应该用笔在上面签上我的名字，这样一来不管你走到哪里，别人一看就知道这小丫头是名花有主的人了……"

我低头掩饰自己慌张的瞬间，听见她从花坛上蹦下去的声音。三秒钟后，她的一双没穿鞋的脚出现在我的视野里，裤脚处占了一处青草的汁液，绿得那么脆弱，轻轻一碰就要碎掉的样子。

她说："耿乐，看在我那么喜欢'麦香鸡'的分儿上，我就答应你这个要求。"然后她从书包里拿出一支唇彩递给我，说，"写在右脚还是左脚上呢？要不就一只脚上写一个字吧，幸亏你的名字只有两个字，要是换成林阿斗，我岂不还要长出一只脚才行？"

那天我最终没忍心在她的鞋子上写自己的名字，她却用唇彩在我的左脸颊上涂了一个双唇形状的图形，并让我抬头挺胸地从图书馆一直走到三号教学楼。她说："耿乐，你如果连这都做不到，那怎么才能证明你刚才的话不是虚情假意啊？"

我没办法，只好硬着头皮走完了那条长达三百米的路程。

只是到了后来我才知道，其实在我闭着眼睛把脸伸过去任她摆布的那一瞬，她已经将唇彩换成了自己的手指头，仅仅是虚惊一场。

四

我与曾佳仪之间的关系能得到妈妈的认可,是大学期间最让我感到意外的一件事情,要知道,从与丈夫离婚,到把自己的事业做得有声有色,徐美辰早已把自己培养成了一个极度挑剔的女强人。她说:"与那个葫芦丝比起来,人家曾佳仪才更像个女孩子嘛。上次跳窗的事情肯定是葫芦丝想出来的馊主意吧,你看把人家小姑娘给害的,连裙子都没法穿了。"

我一口水喷在地板上,差点儿没呛死。妈妈赶紧过来拍拍我的后背,说:"耿乐,以后多叫佳仪到家里玩吧,我挺喜欢那小姑娘的,看见她就高兴,神清气爽的。我告诉你啊,你可别欺负人家,给我收敛点儿!"

"麦香鸡"嘴里叼着一只拖鞋,在客厅里摇头摆尾地奔跑,好像是高举旗帜支持妈妈的决定。情人节的时候曾佳仪曾送了我一大箱牛肉干,大部分都让这家伙偷吃了,可能是因为营养过剩,它的屁股竟然比去年肥了一大圈,终于没有人再说它是可卡了。

腊月,下第一场大雪的时候,曾佳仪打扮得像个因纽特人一般,敲开了我家的大门。"麦香鸡"首先扑了上去,在她红彤彤的鼻子上舔了一口。那一舔令曾佳仪的整个鼻子都腾腾地冒起热气来。

我望着漫天的大雪,难以置信地看着她说:"曾佳仪,你脑袋是不是冻坏了,这么个鬼天气,你怎么跑我家来了?"

她并不着急回答我的问题,而是笨拙地从口袋里掏出一团毛茸茸的东西,在我面前摊开。我定睛看了半天才分辨出,那是四只专门为"麦香鸡"量爪定做的粉红色的狗鞋子。她自豪地看着我说道:"我花了两个多小时才织出来的呢,小麦穿上它就可以在下雪天出去撒欢了。"

我们费了九牛二虎之力才把四只"鞋子"套在麦香鸡的爪子上,它却好像并不怎么领情,张牙舞爪地要把它撕下来。其实,这也难怪,金色的麦香鸡穿上粉红色的狗鞋,那样子要多滑稽有多滑稽。我说:"曾佳仪,我觉得你应该多买点儿毛线给它织个连裤袜,也许那样看起来比较性感。"

曾佳仪刚刚喝了一杯热牛奶,身体恢复了活力,正要和我理论的时候,妈妈就回来了。她坐下来的样子,就像一根烧透了、只勉强保留着形状的木头,一阵风吹来,突然坍进了沙发里。

曾佳仪倒了一杯热水端到她面前:"阿姨,你这是怎么了,身体不舒服吗?"

妈妈努力地抬眼看看我们,把身旁的皮包拉过来摸索一阵,最后掏出一沓钱递给我说:"耿乐,你带佳仪出去玩玩吧,妈妈今天有点儿不舒服,想一个人休息会儿。"

我和曾佳仪出门的时候,"麦香鸡"竟然破天荒地没有送客,它一直坐在妈妈的面前守着,发出低沉的"呜呜"的声音,然后妈妈就恼了,对着麦香鸡大吼道:"你,也出去!"曾佳仪被这一吼吓了一跳,差点儿一屁股坐进雪地里。

麦香鸡没办法,只好一步三回头地跟出来。

在KTV里心不在焉地唱完第三首歌,我突然就有种坐立不安的感觉,于是我把钱交给林阿斗,说:"阿斗,一会儿你把钱交了吧,我心里很乱,总感觉有什么不好的事情要发生似的,我得先回家去看看。"

王

妈妈躺在医院白色的病床上缓缓睁开眼睛,第一眼看见我,便像个孩子似的大哭起来。她说:"耿乐,妈妈完了,一下子成了穷光蛋了,以后连个住的地方都没有了,还欠了别人那么多债。你马上就大学毕业了,以后结婚可怎么办啊……"

我握紧她的双手,努力地笑着说:"妈,钱没了我们可以再赚回来。女强人徐美辰可不是那么容易就会被打垮的。"

好不容易才把她安顿睡了,然后我转身对林阿斗说:"你们也回去吧,我妈这顿安眠药吃得可真是……"

林阿斗拍了拍我的肩膀,拉起梁丝丝,一句话也没说转身走了。只有曾佳仪陪着我在医院阴冷的走廊里默默地坐了一整天,其间她去买了三个烤地瓜,我一个,她一个,"麦香鸡"一个。

我是在第二天晨报上看见妈妈公司破产的消息的,清算以后还欠别人上千万的债务。那天我一直在研究一千万到底是个什么样的概念,按我现在给别人画海报的收入看,一百块钱一张,我得画十万张,一天画一张,等到老死的那一天我们也摆脱不了杨白劳的命运,就算我将来厉害了,海报一千块钱一张,等还完债我也老得走不动了。

我拍了拍"麦香鸡"的脑袋说:"麦香鸡啊,麦香鸡,你的毛如果真的是黄金就好了。"

我们从家里搬出来的时候,麦香鸡这条没骨气的狗还闹了一个大笑话,它竟然拼命地扒在沙发上,任我怎么拽都拽不下来。我指着它的鼻子说:"阿鸡,你怎么可以是条贪图富贵的狗呢?快点儿跟我走,你要是不走,我可把你的罐头都送给林阿斗吃了啊,你看见没,他的口水都流出来了。"

那是第一次,林阿斗在遭到我一顿臭损之后没有还口。

我眼睁睁地看着严肃的工作人员在我家大门上贴了两条巨大的封条,他们甚至连张床都不让我们搬出去。整个过程中,妈妈始终没有说一个字。

我转过头来看着曾佳仪说:"曾佳仪,咱们分手吧。"

曾佳仪狠狠地瞪我一眼:"耿乐,就算你想要甩了我也不用挑这个时候吧。我要是这个时候跟你分开了,所有人都会认为我嫌贫爱富的。"

六

我开始以各种理由敷衍曾佳仪,我想她一定能识破我拙劣的谎言,这又有什么呢,我就是要让她看穿我可恶的嘴脸。

我会在某个人群聚集的食堂门口突然转过头来对一直跟在身后的她呵斥:"曾佳仪,你还要不要……你整天跟着我干什么?我已经不喜欢你了!"每次她都会瞪大了眼睛无辜地看着我,看得我心里发毛。不再穿裙子的她跑起来原来可以那么快,我甩都甩不掉。

这种状况一直持续到第二年春天,我去了一家杂志社实习做美编的时候,我曾威胁林阿斗:"林阿斗,你千万不能把我在什么地方上班告诉曾佳仪,要不然,我们连兄弟都没得做了!"他疑惑地看看我,待发现我的表情严肃后,才把脑袋点得像是鸡啄米。

毕业典礼那天,我请了假回到学校,林阿斗和梁丝丝整整掐了四年,现在终于确立了恋爱关系。我蜷起手指使劲在他头上弹了一记:"林阿斗,如果没有人祝福你们这对不靠谱男女的话,那么我算一个。"

他伸出拳头来使劲捶在我的胸口上,露着一口大白牙,眼睛几乎都笑没了。

他说:"耿乐,告诉你一个好消息,曾佳仪两天前就离开她们学校了,去什么地方都没告诉我。这下你可以放心了,没人再缠着大少爷你了。"

我知道他是在讽刺我,心情忽然有些低落。我说:"哦,阿斗,麦香鸡生了一群小金毛,你知道吗,一个比一个漂亮。"我随便撒了一个大家都感兴趣的谎,想要掩饰心中的慌乱,却又偏偏出了错。

我看见梁丝丝眼中惊喜的光芒忽而暗淡,她兴师问罪般地说:"耿乐,麦香鸡明明就是一条公狗,它怎么会生小狗呢?"

我不再争辩,抬头看着天空发呆,说:"阿斗,我想我还是有点儿喜欢曾佳仪。这……是不是很丢人?"

短时间的沉默,他把一张淡蓝色的信纸塞进我的手中,然后拉着梁丝丝的手一蹦一跳地离开了。我缓缓地将信纸打开,曾佳仪那熟悉的字迹再次展现在我眼前时,竟有种恍若隔世的感觉。

"耿乐,你还记得吗?那个夏天的晌午,你穿着蓝格子的大裤衩,背着我奔向停在不远处的白色的车。他们说,结婚时一定要把一辆白色的轿车排在队伍的最前头,那叫'白头偕老'。所以,那一天我们多像是焦急地奔向一场婚礼。就算是从我小腿流到地面上的血,也像是在色彩斑斓的夏天,开出了那么多玫瑰。"

一年的时间很容易就会过去,这一年妈妈终于说服了其他几个股东,合资在郊外建了一个小厂,虽然规模不大,但在她的苦心经营下渐有起色。她曾在一个闷热的下午拍着胸脯告诉我说:"儿子,一千万算什么,老娘我十年之内就能把它还上,我就是一只打不死的老妖精!"

我把醉醺醺的她扶到床上时,发现她的两鬓竟然有了许多白发,我的心口突然就疼了一下。她迷迷糊糊地说:"儿子,我知道你心里在想什么,你是不想连累了人家曾佳仪。可是你知道吗,女人和男人大多时候想的是不一样的。你以为对的事情,在她看来并不一定就是适合自己的。"

两年前的记忆突然复苏,我想起那时候腿上缠满绷带的曾佳仪也曾说过类似的话,当时她是为了一包橘子,说:"耿乐,以后记住了,千万不要以为自己觉得最好的,也是别人认为最好的。"

我们居住的小区十分老旧,满大街都是卖小吃的店。浓重的麻辣味道,透过逐渐潮湿的空气,沿着斑驳的楼体墙壁一直飘进我家的窗户里。那一刻,我想我只是被呛得泪流满面,并不是为了谁难过。

麦香鸡爱上了一条卷毛流浪狗,并且把它带回家来,两条狗挤在一个废纸箱做成的小窝里眉来眼去,这让我嫉妒不已。

χ

再次见到曾佳仪的那张脸,是在报纸上。那时候她简直成了这座城市的女英雄,她把几个精神病人伺候得神采奕奕,看起来都不像是精神病人了。

我从凌乱的办公桌后面挺直了脊背审视了一番,在确定是曾佳仪以后,立马掏出手机给林阿斗那家伙打过去。

我说:"林阿斗,你不是说曾佳仪走了吗?"

那边的他好像依然沉浸在睡梦中:"什么走了?谁走了?"

我顿一下:"林阿斗,是你在毕业典礼的时候告诉我,曾佳仪已经离开学校了的,怎么,你难道忘记了?"

他说:"哦,这话好像还真是我说的。"

我一下子来了气,大声骂道:"你看看今天的报纸,她什么时候走了,她一直都在这座城市,现在在精神病医院当护士呢!"

"我是说她离开学校了啊,又没说她不在这城市了。你这人怎么老自以为是啊?"

我不再说话,轻轻地合上手机,几次三番都有人说我自以为是,一开始是曾佳仪,后来是妈妈,到现在竟然连最不起眼的林阿斗也埋怨起我来。我是不是真的有点儿自以为是啊?

我将永远铭记生命中那个炎热的下午,因为站在住院部楼前的我,破天荒地被一位精神病人骂了一句"精神病"。

我抱着一把玫瑰,具体有多少枝我也说不清楚,可能是二十枝也可能是三十枝,但绝对不会是一百枝,因为我买不起。我疯狂地把脸埋在玫瑰花的后面,冲着楼上大喊:"曾佳仪,你快点儿下来救死扶伤啊!我的心好疼!"

我一遍又一遍地叫嚣,曾佳仪始终没有露面。最后一个把牙刷插进鼻孔里的中年男人从窗户里探头出来,说:"你精神病啊,没看见月亮都出来了吗,该睡觉了吵什么吵!"

我转身看了看高悬的太阳,顿时说不出一句话来,我想,那时候我的眼神肯定特惆怅。

我再次转过身来的时候,发现对面楼上的每个窗户里都挤满了脑袋,眼光灼灼像是要把我烤焦。我说:"嘿,你们认不认识一个叫曾佳仪的小丫头？"

"啪"的一声，有什么东西在我脚下炸开来。

"我去……"一句话都没说完，数不清的物体便兜头而下，香蕉皮、西瓜籽，甚至有一双未开封的新袜子。

医院的住院楼是环形的，得罪了精神病人的我注定要像瓮中之鳖一样悲惨。我把玫瑰花举过头顶，好不容易找了个机会逃出来。

我耷拉着脑袋往回走，麦香鸡在刚才的慌乱中捡到了一块鸡骨头，叼在嘴里摇头摆尾，看样子倒是很高兴。

快出医院戒备森严的大门时，我的肩膀突然被什么人拍了一下，转过头的瞬间我便看见了那张熟悉的脸。

我看了看曾佳仪穿在身上的白大褂，觉得狼狈不堪的自己此时此刻站在她面前，倒真的像一个病人。

她双手插在口袋里，抬抬下巴问我："你刚才不是说要看病吗，病人呢？"

我把双腿扒在曾佳仪身上的麦香鸡揪着尾巴拎回来，说："就是它，它竟然喜欢上了一条无家可归的丑陋的流浪狗，你说她算不算是一条神经狗？"

她笑了笑，上前一步，大巴掌轻轻地落在我的脑袋上："耿乐，你又不是狗，你怎么知道狗的爱好呢？"

麦香鸡很鄙视地看看我，叼着骨头走开了。

对面的马路上有一条长长的婚礼车队，枝繁叶茂的灿烂日子，是谁在为爱情鸣锣开道……

就让我们带上**青春**淋场雨

一

你就像某个昏昏沉沉的早晨，风吹开窗帘后不由分说刺进来的一道阳光。

终于还是离开你了。

在2015年阴历九月满月渐损的第三天。

大风降温之类的天气预报，我从来都是无心去看的，只是现世报来得这样快——北方小城，拉着一只巨大皮箱的我，在最高温度只有9度、飘满落叶的街头一步步前行，衣衫单薄，瑟瑟发抖。

你没有像电影里女主角闹脾气时那样从后面"哒哒哒"地追过来，其间，一个跑步的人从我背后接近时，我还激动到心脏几乎停跳了几拍，可等他"热气腾腾"地从我身边跑过时，心情难免再次跌入谷底。

我们不是男女朋友。

我们算什么呢，顶多算是舍友吧。

当初，是我先租下了那套二居室，并在学校宣传栏里贴了合租广告，那个炎热无比的夏日黄昏敲响我房门的是留着短发的你。我记得清清楚楚，当时，你抱着一只沾满泥土的足球，身上的背心短裤早就湿透，一进门便自来熟地将皮球往干净的沙发上一扔，顺手打开了冰箱，拿出一罐冰镇饮料一饮而尽。你知道你当时的样子让我想起了什么吗？

水牛。

你的喉结很大，皮肤黝黑，"咕咚咕咚"牛饮的样子震到我了。

我将后背靠在墙壁上，做出防卫性的动作。

而你，在准确地将空饮料罐丢进远处的垃圾桶后，声音洪亮地直入正题:"是你要合租房子吧?你在招租合同上写了,有洗衣机的对不对?"

不等我回答,你已经开始四处搜寻,几秒钟后,当在洗手间看见房东留下的那台洗衣机后,脸上露出了欣喜的表情:"房子我跟你一起租下了!"

嘿,瞧你说的,好像这件事情的决定权在你不在我似的。

"嗨……"

我张了张嘴,正要说些什么,你已经返身拉开房门,房门外,两个跟你穿着同样队服的男生转眼间已经将一大筐脏衣服抬进客厅,其中一个男孩还不好意思地对我做了个鬼脸。那一刻,我终于明白了,你跟我合租,是看上了我的洗衣机。除此之外,这套房子就在大学第三体育场外面,翻墙就可以过来,以后,你们队把这当成大本营什么的也方便。

可是,梁若愚,你确定你是女的?

"我只跟女生合租!"

我跟在你们三个人屁股后面声嘶力竭地呼喊,妄图从三个大男生手中抢过那一筐脏衣服远远地丢到门外。可是,你们三个人的力气那么大,我哪里是对手。你在命令其他两个男生将衣服倒进洗衣机后,"唰"地一下转过身,炯炯有神的双目直刺人心。

"我说亲爱的同学,跟谁一起合租不一样吗?我又不是交不起房租!"

说到此,你顿了一下,上上下下打量了我一番,脸上的表情很耐人寻味:"放心啦,跟我合租肯定可以保证你的人身安全,我对你这样的女生不感兴趣。"

知道后来我为什么答应跟你合租吗梁若愚？一是因为我等了好几天都没有女生打电话过来谈合租的事情；二是因为你那句话伤到了我，什么叫对我这样的女孩没兴趣啊，我对着镜子上上下下左左右右打量了好久，没发现自己有什么缺点。

直到很久很久以后，我才明白了两件事——没有其他租客给我打电话，是因为你把宣传栏上的广告撕掉了；而我答应跟你合租的原因，也不仅仅是因为那两点。想来，我是第一眼就喜欢上你了吧，你就像某个昏昏沉沉的早晨，风吹开窗帘后不由分说刺进来的一道阳光。那样耀眼、温暖、不容拒绝。

其实，彼时的我每个细胞都在发誓，一定要用事实证明，你在故事一开始的"诅咒"到底有多荒唐。

只是，这个真实的原因，连当初的我自己都是那样不自知。

只是，后来，被扫地出门的那个人，不知道为什么，鬼使神差地变成了我。

二

祝愿从此以后，他家的板凳全都变成三条腿

梁若愚，在认识你们这帮狐朋狗友之前，我很少跟男生接触的。

我们班上课的时候，我总是第一个去，最后一个走，我甚至不愿意跟同班那些叽叽喳喳的女生生活在一起，所以在大一下半学期我就搬出了宿舍，租了房子。

我们班一个嘴特别欠的男孩，曾经这样形容我的样子，他说："沈楠脸上的忧伤就好像全世界的屁都让她闻见了似的。"

我没有找他理论，我只是在心底默默祝愿从此以后，他家的板凳全都变成三条腿。

我也想合群一些。

然而，从小养成的性格是很难改变的。我就是属于那种白天走路溜墙角，晚上从来不出门，群里潜水不冒泡的类型。可是，我有一颗无比倔强的内心，在我幼儿园的时候，跟男孩子打架可是从来不告状、不认输的。

夏日的阳光里，我被你强拉去球场帮你们端茶送水。

你说："沈楠，不把你拎出去晒一晒恐怕真的会长毛吧。球赛完了还有个聚会哦，有很多帅哥会参加，你可以趁机加他们好友哦！"

我冷冷地翻了一个白眼，窝在沙发里信手翻看桌子上的书，桌子旁边的书架上摆满我在书店里按斤买来的哲学书。客厅里的电视，在你到来之前从来没有通过电。你一把抢过我手中的书本，狠狠地丢到桌子上："你能不能别那么闷啊，少东家，跟你这样的人住在一起很煎熬的。"

然后，我就被你强行拖到操场上了。

说实话，你是在向我展现你的球技吗？但你的技术的确不怎么样，人家踢球的时候是找空档，而你好像开了定位导航，专门冲着对方的守门员去。我数得清清楚楚，那一场你一共射门7次，有5次正中对方守门员，有一次打在对方脑袋上的足球把对方重击在地。

后来比赛结束，我任劳任怨地帮你们收拾臭球鞋和队服拿回去洗时，才隐约从你们的对话中得知，那一次，你们本来就没打算赢，为的就是好好教训一下对方飞扬跋扈的守门员。

他跟你是不是有夺妻之恨啊，让你至于如此这么没球品？

当然，这话我没敢直接对你说，我怕你下个月赖着不交房租。

但事实证明我的直觉很准，晚上的联谊会上，从对方守门员带着的那个女孩看你的眼神中我就能断定，你跟那个女孩有故事。

果不其然，那场宴会火药味很浓，你那些唯恐事情不大的队友，借着那莫须有的"酒意"叫那女孩"嫂子"，而且不止一个人叫，不止叫了一次。

这下，那个名叫周政的男孩就算脾气再好也得爆发了。我以为你们会跳到不远处的河堤边互掐呢，结果你们秉着"友谊第一，比赛第二"的原则贯穿始终，居然选择一种令人大跌眼镜的方式在美女面前证明谁更优秀——比赛喝扎啤，而且不许去厕所。

我忘了那一次你们两队一共喝了多少桶扎啤了，我当时唯一的想法就是问问你们——各位的膀胱还好吗？我记得到最后双方陆陆续续退出战斗，大排档里最后只剩下你和周政两个人了。

而最后你干了什么呀，梁若愚，你居然拉着我的手撒腿就跑。

在跑过一个拐角，他们看不见我们之后，你一下子放开我的手，笑得像个恶作剧的孩子："哈哈，我们今天喝太多了，扎啤很贵的，留到最后的得交钱！"

我几乎有些哭笑不得了，我想我终于知道你的前任为什么离开你了，跟你这种不靠谱的男友在一起，分分钟都会折寿的。

灯火通明的夜市街角，你在一个卖玩具的小摊上买了一个毛绒兔子塞给我，算是对我这个球队保姆的奖励。大跨步走在街道上的你那么坦白，你说："其实今天带你参加这种场合也没别的意思，身边不带个女孩，总觉得少了几分底气。"

"嗖"。

我把毛绒兔子从桥边丢进河里，站在路灯下歪着脑袋看你。

我说："梁若愚，我就是想吃免费的烤串了，鬼才稀罕衬托你！"

三

你心目中，合格的完美的女孩子到底该是什么样

我从来没打算把房子租给你这样不靠谱的人。

你的钱全都用在了足球和游戏中，隔三岔五拖欠房租，从来不分摊水电费，有一次，还是我帮你交了电话费。每当我讨债时，你总会大大咧咧地教育我莫欺少年穷。

好在，这一切我都能忍。

我想，我已经渐渐习惯了有你在的聒噪的日子，有几次，你晚上没回来住，听不到你沉重的脚步声，我甚至还失眠了。

但我不能忍的是，你住在我家里，喝着我的饮料，吃着我的零食，看着我的电视，糟践着我的洗衣机的同时，心里想着的却是另外一个女孩的好。

我承认，也许是因为从来没有恋爱过，所以第一感觉才会在我心目中那么重要。我也承认，口口声声让你滚的自己，每次这样吼的时候，都确定你不会忽然不见，一如你忽然间到来。有时候，我甚至不得不怀疑，你就是上帝故意派来折磨我的了。

只是，你没有留意。

客厅原本塞满可乐的冰箱里，如今装满了你最爱喝的冰红茶；我从不看的电视，装上了机顶盒，你可以看喜欢的美剧到凌晨；鞋架上多了一双大号的毛绒拖鞋，只是不知道是不是你的尺寸。

我的脑海里总是不时地闪现着你当初说那句话时的表情,你说:"我对你这样的女孩不感兴趣。"

有时候,我想着想着居然有些难过起来。

我学着你的样子吹了一声清亮的口哨,在洗手间里偷用我牙膏的你探出头来,很疑惑地看了我一眼:"沈楠,你像个女孩的样子好不好,口哨怎么是女孩子该吹的。"

是啦,亲爱的梁若愚,那么在你心目中,合格的完美的女孩子到底该是什么样?

四

我乏善可陈,而你光辉耀眼若星辰

我乏善可陈,而你光辉耀眼若星辰,又在那一年的全校足球赛上获得了"最佳射手"的殊荣,自然,有很多目光追随你。而那次,最佳守门员是周政,这就得怪你了,谁让你一场比赛就让他扑出五个球来着,弄巧成拙应该不是你的目的吧,梁若愚。

操场上举行颁奖典礼的那天我也去了,只是你不知道。

我躲在人群的最后面,远远地望着你,就像遥望距离以光年计算的星辰。

知道那个可恶的校报记者提问最佳射手为什么被最佳守门员扑出五个球时我有什么想法吗?我真想冲上前去,像传说中的武林高手一样,一下子点住他的哑穴。台上的记者还在频频追问,我低头四下寻找,想要找个矿泉水瓶之类的东西丢他脑袋上砸场子,好让你趁乱脱逃。我找了半天,终于在不远处一个放满杂物的桌子上找到一个塑料瓶。我蹑手蹑脚地走上前去,悄悄地将塑料瓶捏在了手中。

明显地,台上的你已经被那个"记者"纠缠得有些不耐烦了,这种情况下,我心下一横,抡圆了胳膊猛地将那个塑料瓶丢向了主席台。

知道吗,梁若愚,我从小到大,从幼儿园到大学,从来都没做过出格的事情。俗话说关心则乱,那一天我的脑袋一定是进水了,所以才干出了那样荒唐的事情吧。

盖子没拧紧的塑料瓶,在空中划了一道优美的弧线,本来我是瞄准了的,可是,当时恼羞成怒的你干吗上前推那男生一把啊?这下可好,"砰"的一声,装满了红色颜料的塑料瓶直接砸到了你身上,血红的颜料在你身上四散成炫目的泼墨画。我记得清清楚楚,那天早上出门前从来不照镜子的你对着镜子捯饬了半个小时,估计为的就是在周政面前不跌份儿。

天地良心啊,梁若愚,我的本意不是让你出洋相。

"轰"。

台下台上炸开了锅。

要怪就怪我在扔出塑料瓶后胳膊还保持着投掷的姿势,愣在原地,变成了一尊雕像。我本来想用那个动作向你证明功臣是我的。

"是她,她扔的!"

身边,有眼尖的同学认出了罪魁祸首,众人的目光像利箭一般齐刷刷射向我这边,我的双颊火辣辣的,仿佛有火在烧。

我看见气急败坏的你"唰"地一下跳下主席台,大跨步向我走来。

然后,猛地拉起我的胳膊:"走,去教务处!"

你的力气那么大,捏得我肉都疼了。

你身上的红色颜料滴滴答答落在我的帆布鞋上。

我向后挣扎想要向你解释，可是你不由分说，拖着我，直接穿过了球场，到最后，我几乎是在央求了。

我没想到你会那样六亲不认，再怎么说，我也是你的房东好不好，你还偷吃过我的进口巧克力呢。

好在，在走出操场后不久，你就猛地放开了我的手，恶狠狠地吼道："快跑啊，沈楠，你真想被学生会的那群人抓去吗？"

那一刻，我突然明白——你是在救我。

我对你充满了救世主般的感激，我不敢看你的眼睛，我觉得下一秒钟就要感动哭了。这种从地狱一下子到天堂的跨度，让我有些措手不及。

梁若愚，你实话实说，那天我在你面前落荒而逃的样子是不是有些狼狈啊？我甚至跟路边一个打羽毛球的男生撞到了一起。

我听见你的声音从背后冷冷地传过来："咱俩的账回去再算！"

我回到家后不久你就回来了，而此时的我早已烧好了热水，收拾好了浴室。

我像个做错事的孩子一样，眼巴巴地等着你的教训，可是接近一个小时的时间里，你洗完了澡，换好了衣服，又将"水墨画"丢进了洗衣机，却一句话也没说。你一直阴沉着脸，我也不敢去问后来颁奖礼上到底又发生了什么。

直到第二天，我在校报上看到那张颁奖合影时，才明白你昨天的心情为什么那么坏。

那个校报估计是在整你，把你的样子拍得那么狼狈，而你身边站着的是盛装出席的周政。重要的是，他的身边还站着你那笑靥如花的前女友，她捧着那么一大束鲜花塞进周政怀里的样子，肯定不是要故意衬托身旁一样"灿烂"的你吧。

为了向你道歉，我请你在人民广场吃炸鸡。

我觉得，也许这不失为一个表白的好时机，而大口大口啃着鸡腿的你，眼睛却一直盯着手机，似乎根本就没把我这个"约会对象"放在心上。于是，我打算旁敲侧击一下。我想要问问你，如果那天我送你的不是一瓶颜料，而是跟你前女友一样的一束鲜花，你是不是也会像周政那样觉得很骄傲？

可是，我的话还没说出口，一直盯着手机屏幕的你却猛地抬起头来，眼睛里放着光问我："帮我一个忙吧，沈楠？"

我的脑袋点得像是鸡啄米，觉得这一定是个提升我们之间感情的好机会。

你四顾一下，凑近了我的耳边，小声对我说："10月16号那天，能不能把你的钥匙留下，我想单独征用房间一天。"

我疑惑地看着你，虽然心中有种不好的预感，但碍于先前已经答应，只得轻轻点了点头。

你笑得像个孩子，还第一次主动掏腰包付了炸鸡钱。

五

站在一地碎玻璃面前的你，看向我的目光，是那样的失望和愤怒

梁若愚，你都用我的房子干了什么呀？

你居然为你的前女友林远帆搞了一个生日派对。

在此之前，你甚至怂恿你的那些狐朋狗友，在10月16号这一天，故意约周政所在的球队到距离学校十几里远的市体育馆踢球。要说，为了缠住周政，你也够下血本的，从来都小气得不像话的你，居然花

你在我的心里 过期居留

2000多元租了一天足球场。我想我终于知道跟我合租房子的那几个月你为什么那么小气了。

你这样的前锋，在你们队里有三个，而周政队里的守门员却只有他一人。而且，你们是在当天下午才发出的挑战书，大有哪个队不去就是缩头乌龟的架势。

这种情况下，已经荣升为队长的周政自然不甘示弱，估计当初他还傻傻地以为，可以用另外一场胜利作为林远帆的20岁生日礼物吧。

你们给他的时间太匆忙，召集队友、紧急制定战略战术，又租了一辆车拉着足球队风风火火赶往市体育馆的周政已经分身乏术，居然连电话都忘了给林远帆打一个。女孩的小心思我了解，如果我男朋友在我生日这天不主动打电话找我，我才不会低三下四地打过去。

这期间，你的那些队友是如何激将他的我就不得而知了，估计肯定说过"大男人还得看女人脸色"之类的混账话吧。

当然，你这个阴险的计谋，我也是很久以后才从你的另外一个队友那里得知的。

据说，当天晚上，两队人马在铺着进口草皮的足球场上尽情驰骋，厮杀很猛。

而那天的你在干什么啊，腹黑的你居然跑到了"生日落单"的林远帆楼下，像以前一样大叫着她的名字，祝她生日快乐，还耍无赖般地告诉林远帆，如果她不下楼跟你参加你为她准备的最后一场生日宴，你就一直喊到全学校的人都听见。

当时的林远帆肯定有些头大，又有些感动吧。

人嘛，就怕对比，一个是为了一场比赛置自己于不顾的现男友，一个是事到如今还清楚记得自己生日，费心费力的前男友，本已与你成为陌路的林远帆果然就中招了，细心打扮后，下楼赴了你的鸿门宴。

"卑鄙"的梁若愚，你知道那天我在干什么吗？

无家可归的我，在自习室待了整整一天，晚上回去时在楼下看见客厅里的灯亮着，只得像个孤魂野鬼似的四处游荡。我本想就近找个小旅馆对付一晚的，可是心里总是想着你到底会在楼上干什么。

想了好久，在侦查了一番地形后，我冲进了对面的住宅里，那里也有很多租房子的学生，关键是，从那栋楼的402房间看过去，对面我房间的情形可以尽收眼底。

我把402的房门擂得震天响，一个衣衫不整打着哈欠的男孩开了门，看他的样子，一定是昨晚游戏打多了，今天在补觉。

"你谁啊？"

我不管不顾，一下子将他撞开，快速地冲向窗边。

于是，我便愣在了那里。

我看见你将我家的小客厅装饰得像一座城堡，挂满了气球和彩带，桌子上摆放着精致的蛋糕，你甚至将灯泡换成了粉红色的。

那时你似乎是在让林远帆许愿，虽然离得太远看不清你们的表情，但我能想象出彼时的林远帆肯定很感动，你们曾是一对，就算只残留灰烬，也总会留下一点儿火星的吧。

"嗨……"

背后揉着眼睛的男生不知道用什么点了点我的肩膀，转身，他却递过来一只望远镜："用这个，看得清楚点儿！"

他的脸上带着坏笑，似乎早已洞察了一切。

"你男朋友？"

"你男朋友！"我恶狠狠地回敬他。

我将望远镜狠狠地摔在地上，眼泪，突然忍不住一滴滴落下。

是啊，梁若愚，你没有背叛，你所做的一切，都是在挽回。

所以，最悲哀的是，我没有任何理由，没有任何权力苛责你。

动作慢悠悠的男孩，为瘫坐在沙发上的我倒了一杯可乐，然后，又慢悠悠地返回自己卧室，不知道拿了一件什么东西，最后慢悠悠地推开了那扇正对着我们客厅的窗户。

等泪流满面的我看清他手里拿着的居然是一个弹弓后，一切已经晚了，一粒石子已经飞出，"啪"的一声，对面客厅的窗户玻璃便碎了一块。

他拿着手电筒对着对面照啊照，说："嘿，哥们，真有你的，一天换一个啊！"

我的脑袋"嗡"的一声就大了，宅到地老天荒，喜欢喝可乐，胡乱扔东西，这几点，这家伙还真有点儿像我。

我冲上前去制止他的时候，看见对面的林远帆已经甩门而出。而站在一地碎玻璃面前的你，看向我的目光，是那样失望和愤怒。

然后，狠狠地一拳砸在窗户上。

"你喜欢他吧？他不喜欢你吧？你们两个人永远没可能的。"收拾着作案工具的男孩自我介绍道，"叫我雷锋好了，一个善于观察世界的好心人。"

说着话，他指了指地上的望远镜，又想到了什么似的紧跟着说道："先声明啊，我只是喜欢研究人与人之间的关系，绝对没偷看过任何人洗澡！"

我恶狠狠地剜他一眼，臭宅男。

可是，我又该如何向你解释呢，梁若愚，说我不认识他，这一切只是一个巧合吗？恐怕，只有鬼才会信吧。

六

事到如今，到底谁才应被扫地出门已经不重要

我主动离开那所住了将近两年的小小两居室。

事到如今，到底谁才应被扫地出门已经不重要了。

我只是清楚地知道，我们两个人之间那少得可怜的感情，已经碎成窗前那一地的玻璃碴。

"对不起！"

我对傻傻望着早已熄灭了蜡烛的生日蛋糕的你小声说道，我看见你的胸膛剧烈起伏着，似乎很愤怒的样子。

在听到我的话后，你冷冷地说了句："欠你的房租，还有水电费，你算一下吧，明天我借了还你！"

然后，你便冲进房间里收拾起自己的东西，你的东西又多又杂，还得轮番打电话呼朋唤友来收拾寄存在这里的东西。而我的就简单多了，除了几件衣服和毛绒玩具外，只剩下客厅里的那些，据说能让人变聪明却最终一败涂地的书。

我把这一切全都装进一个大行李箱中，最后为你交了两个月的房租。朋友一场，何况我又无意间害得你不能破镜重圆，那两个月的房租，就当是我最后的歉意。

我拖着巨大的行李箱下楼的时候你没有追来。

我走在深秋清冷的街道上的时候你依然没有追来。

我气喘吁吁地坐在附近公园的长椅上，用手机搜索附近的宾馆时，你发来了一条短信。

你说:"房间已经清理好了,你可以回来了。钥匙在老地方。"

以前,大大咧咧的你时常忘记带钥匙,我都会把钥匙放在门外的脚垫下面。有一次,一个撞了大运的小贼,还捡到钥匙进了我们房间,偷吃了我用来敷脸的冰镇黄瓜片。

你说:"沈楠,其实要谢谢你这些天来的收容,只是,我遇到你晚了一些!"

我看着最后那条短信,抱着手机哇哇大哭,像是一个从来没有得到过任何一件玩具的孩子,哪怕这件玩具早已被其他小朋友遗弃。

再见吧,梁若愚,谁让我在错误的时间遇见错误的你,又因此而动了情。

许久,我站起身来,准备拖着行李箱回去。

"阿嚏!"

身旁的灌木丛里传来一个男子打喷嚏的声音。

我下意识地做出防备姿态:"谁!"

"我啊!"

梁若愚,你猜,我看见了谁?

我居然看见了那个一直潜伏在我们对面楼的宅男。

他穿得那么单薄,看样子,一定是偷窥到了我下楼,所以衣服都来不及穿就跟了出来。

他像是一个很熟悉的朋友一样,一下子夺过我手中笨重的拉杆箱,一边头也不回地向前走,一边慢悠悠地对我说:"你们早该分开了,成何体统呢,又没有任何关系,还非得住一起。"

我犹豫了片刻,最终,还是乖乖地跟上前去。

那一晚,他用报纸为我糊住了那扇坏掉的窗户。

而我，则用剩下的报纸把所有的窗户都糊得严严实实，他再次强调："我真的从来不偷看别人洗澡的。"

七

你是我青春岁月里遇见的最霸道、最滂沱、最不容呼吸的一场大雨

上帝总是不会遗忘任何一个躲在角落里的孩子的，不是吗，梁若愚？

如今，我不知道后来的你有没有成功找回自己丢失了的女孩。

因为，我强迫自己不再去关心。

我和对面楼的那个男孩成为朋友了，这一点，本是陌路的你，也应该没理由为我感到高兴。

他在我面前坦白说，他曾经不止一次地偷看过我们。

他说："我觉得你好傻哦，沈楠。不知道为什么，慢慢地，我竟然有些想要保护那个傻傻的你了。"

我窝在沙发里，吃着他剥好的柚子，突然感到很温暖，我记得以前，都是我为你剥柚子的。

我的冰箱里再次被他塞满了可乐，电视与沙发也重新挪远了距离，因为宅男告诉我，那样近的距离对眼睛有伤害。我记得以前你看球赛的时候，恨不得贴在电视屏幕上，数清球员的每一根腿毛。

曾经亲爱的梁若愚，我终于不得不承认，你是我青春岁月里遇见的最霸道、最滂沱、最不容呼吸的一场大雨。

而更多时候，一转身，便是晴天。

妈，
我回来了

我的生命里根本就不该出现顾北寒这样的人，我的青春乐章里本就不该有走音。

一、你妈喊你回家吃饭

顾北寒的爬高技术很不赖，中学时已经能光脚爬上教学楼前面的旗杆顶端了。

虽然，当时站在旗杆下面的其他人都把他当猴耍，但躲在人群最后的我，还是感动得差点儿哭出来。

爬到旗杆顶端后，他一把扯下那块被风吹得"呼啦啦"作响的白布，团成一团后塞进了被大风鼓成一个包的衬衣里，"刺溜"一下滑下旗杆，没好气地撞开人群后，一把拉起我的手，快速向着校外冲去。

那块一米见方的白布应该是头天晚上被人升上旗杆的。早上，我像往常一样来学校上学的时候，总觉得有人在背后对我指指点点，直到走进教室，同学们见了我爆发出一阵哄堂大笑后，同桌才告诉我，我的名字被人写在了白布上，当成旗帜升上了旗杆。

我快速跑出教室，抬头去看，便看见已经爬到一半的顾北寒，和他头顶那面猎猎作响的白旗了。

"李子轩，你妈喊你回家吃饭！"

这段子曾经在网上流传了很长一段时间，如今不知道被什么人用大号毛笔写在了白布上，并且挂到旗杆顶端，让一直抬头看着旗杆的我产生了短暂的眩晕感。

我知道，恶作剧肯定出自我们班那群不爱学习的坏孩子之手，那时，作为学习委员的我是他们的眼中钉、肉中刺。而我妈妈，则是他们嘲笑我的把柄。

我是爸妈婚后去孤儿院抱养来的,我的爸爸是小镇上那种老实巴交中年男人的典型代表,30多岁还找不到对象,最后被家里安排,娶了镇上一位有些痴傻的姑娘,也就是我的妈妈。

小时候不懂事,自然什么都不在意,可是随着年龄的增长,从街坊们的议论中得知事情真相,自尊心作祟的我越来越不愿在别人面前提起自己的妈妈。

但我怎么也没想到,就在三天前,我那痴痴傻傻的妈,居然一个人走了整整几公里路,找到了我们学校,站在校门外大声地喊我回家吃饭。

自此以后,优等生李子轩其实有个傻妈妈的事情,便像一粒落进干柴里的火星,迅速地引燃了整个校园。

在拉着我撞开前来阻拦的门卫,跑到距离学校不远的一条隐蔽小巷中后,顾北寒一边从怀中掏出那块白布点燃,一边故意以一种轻松的口吻安慰我说:"没关系的,李子轩,他们看不起你只能说明他们无知,世界上没人可以选择自己的出身的。"

火光燃起,映亮了他的眉目,我微微后退一步,倚着墙角颓然地滑坐在地上,火苗即将熄灭的那一刻,终于忍不住将脑袋埋进臂弯,轻声哽咽起来。

顾北寒靠近我,轻轻地拍了拍我的肩膀。

我们之间有短暂的沉默,而顾北寒似乎在这样的沉默中显得更加无措,他似乎绞尽脑汁终于想出了一点理由:"现在不是一样有很多人疼爱你、关心你吗?比如李叔和李婶。"

见我没有说话,他又想到什么似的连忙补充道:"虽然有时候李

婶疼爱你的方式看起来有些特别……"

"那不一样,不一样!"

顾北寒的话还没有说完,我便抬起头来大声地反驳,有些时候,我宁愿自己的生命里从未出现过那个叫"妈妈"的人。

但我不敢说。

头顶高耸的杨树,树叶被风吹动发出"哗啦啦"的声响。

我抬起头来看向被枝叶分割成一片片的天空,在心里默默地发誓,总有一天我会通过自己的努力离开这里,离开这座满是嘲讽和奚落的小城。

二、你当你的好学生,坏人,由我来做

我从不否认傻妈妈疼爱我。

但她给我的,确实不是我想要的。就像前段时间网上流传的那个比方:我只想吃香蕉,你却给我一筐苹果;我喜欢吃甜食,你非要给我一罐盐巴。

吃饭时她总是不停地往我碗里夹菜,也不管我能不能吃完;无论春夏秋冬,她总会强行为我穿很多衣服,一边穿还一边含混不清地嘟囔:"轩轩莫冻着,莫冻着。"

天长日久,我一天比一天更反感她这样的行为,小时候我懵懵懂懂说着"不用了"的时候还能笑嘻嘻地摇头,虽然,当着爸爸的面我从来不敢对妈妈发火,但是心中还是对她颇有微词的。我讨厌她那张永远都在笑,似乎从来不懂"烦恼"二字的脸。

我蹲在她的面前,故作亲昵地拉着她的手,像哄孩子似的小声央求她:"妈,以后不要去学校找轩轩了好不好?路上有很多汽车,很危险的。"然而,对面的女人却依然在笑:"不怕,妈妈不怕,妈妈喊轩轩回家吃饭。"

趁低头吃饭的爸爸不注意,我没好气地将她的手甩到一边,转身快速地吃着米饭。

我听见爸爸轻轻地叹了一口气,默默地为她夹了一些菜后,转身走进了卧室,随即一个苍老的声音从里面传来:"你放心,以后你妈妈不会去学校了,我会看好她的。"

不知道为什么,那一刻,转身看着一脸傻笑的中年女子的我,突然没来由地难过,我张了张嘴想要对屋子里的爸爸解释些什么,可是,却又不知道如何开口。

或许,我也并不真心想改变爸爸这样的决定。

院门外的大街上,顾北寒再次吹响了愉悦的口哨,潜移默化间,这仿佛已经成为我们两个人之间的暗号。

我快速地收拾好碗筷,本来想要刷碗,却被傻笑着的妈妈抢了过去。

"轩轩以后是大学生,大学生不刷碗!"

望着一边刷着碗筷,一边嘟囔着的妈妈,我苦笑一下,摇了摇头缓缓地走出了破旧不堪的院门。

如今镇子上其他人家都建起了二层小楼,我家却依然住在老旧的柴房里。

本来,爸爸也是可以跟其他人一起到大城市里赚钱去的,可是因为妈妈的拖累,不得不整日守在家里,靠种菜为生。

我走出院门时,顾北寒正骑在一辆单车上对我微笑。

看见我时,他拍了拍后座示意我坐上去:"走啊,李子轩,带你去个好玩的地方。"

好像心有灵犀般,每当我心情低落的时候,顾北寒总会吹着口哨及时出现,他那挂在嘴角的微笑,似乎有种神奇的魔力,只要一看见他嘴角扬起,我心中所有的阴霾都会烟消云散。

四月的柳絮像雪花一样迎面扑来。

我轻轻地环住他的腰,闭上眼睛呼吸春天的味道,暂时把所有的不愉快都抛到了脑后。

顾北寒带我去的地方,是镇子上一家因为大部分年轻人都出外打工,而不得不歇业倒闭的小工厂。

这座小型的玩具厂,我曾经非常熟悉。

在6岁之前,爸爸曾经在这里打工,后来,由于一次妈妈生病,爸爸工作又很忙,不得不带妈妈一起去工厂以便照顾,没想到妈妈竟然偷偷将厂里的玩具塞进兜里,带回家送给我。老板原本就嫌爸爸经常带妈妈去上班,这样一来更是有了开除他的理由。

事到如今,那些小型的塑料玩具还牢牢地锁在我床下的木箱里。可懂事以后,我再没碰过那些玩具,我觉得那是一种耻辱。

在顾北寒的托举下,翻过锈迹斑斑的铁门跳进工厂的院落里以后,我才猛然间发现,原本以为破败不堪的大院里,居然开满了五颜六色的野花。因为无人打理,那些花草肆意生长,反而有种不食人间烟火般的美。

"没想到吧?"

坐在墙头,双脚随意耷拉在我头顶的顾北寒笑着说,接着"咚"

的一声跳到我面前,一边拉住我的手向里走,一边轻声对我说:"李子轩,你一定好多年没来过这里,也不愿来这里了吧。其实,很多事情,本不像你想象的那么丑陋的。"

我知道他的话另有所指,可是对于妈妈,我心中的某个角落就像是被人压了一块巨石,无论如何也无法挪动。

我曾在心里暗暗发誓,等考上大学,找到好的工作以后,一定会努力赚钱好好孝敬他们。

可是,如果让我从心底彻底接受她,却始终有一道无法戳破的隔膜横亘在眼前。

齐肩的草丛里,我学着顾北寒的样子倒在一大片荒草中,躺在他的身边轻轻地闭上眼睛。

我听见了他的呼吸,听见了自己的心跳。

我听他对我说:"李子轩,你不知道我多希望你能换个方式看看这个世界,换个方式看待李婶。"

我苦笑,我曾经尝试去接受,可是每当那时,我的眼前便会浮现出过往的种种。

小时候,因为妈妈,我被其他小朋友嘲笑、追打。

6岁时,我被全镇的孩子起绰号,唤作小贼佬。

现如今,我的名字高高地飘扬在学校的上空,供全校学生集体"瞻仰"。

这一切,我始终固执地认定都是拜那个女人所赐。

如果我的世界里没有了她,我一定会生活得更好吧。至少不会小小年纪就被人一传十十传百地嫌弃。

很多个猛然从噩梦中惊醒的凌晨,我总会忍不住这样想。

我想在新的城市里开始崭新的生活，就必须试着抛弃小镇里老旧的一切。

包括我的朋友——顾北寒。

顾北寒缓缓地坐直了身体，摇了摇头苦笑一下后，率先向着远处油漆斑驳的厂房走去。

他一边走，一边背对着身后的我说："李子轩，以后你们班谁再嘲笑你，你就告诉我，我来教训他们。你当你的好学生，坏人，由我来做。"

望着他渐渐淹没在荒草中的背影，我不自觉地微笑。

我承认，这座生我养我的小镇里，偶尔也不乏让人感到温暖的美好，可是这些不足以减缓我逃离的脚步。

也许，离开了这里的李子轩会慢慢学会理解，变得坚强。等我强大到能够面对这一切的那天，我会再次回到这里，回到顾北寒身边的。

三、我一定要考上大学，离开这里

顾北寒为我出头教训我们班那个名叫张琦的男孩，是在高三下半学期。

那次我在全校摸底考试中坐在张琦前一排，由于不让他抄我的卷子，在成绩公布以后，张琦因为总分没超过三位数而被学校请了家长，从此便对我怀恨在心。

某天放学，叼着一根牙签，故意装出一副痞子样的他，在我回家必经的路口，堵住了我。

其实，我知道他不敢对我动手的，像他这种刺猬一样表面强大，内心却胆小如鼠的人，也就能说几句自己都不相信的狠话吓唬吓唬人。

可是，正当我重新踏上自行车，想要从他面前强行驶过的时候，妈妈却鬼使神差地出现了。也许，那一天是因为我做值日回家有些晚，所以她才迎了出来。

我懊恼的是，口口声声说以后会看着妈妈，不让她再来学校的爸爸说话不算话。

见我想要逃跑，张琦一下子抓住了我的车把，猛地一推，我就连人带车倒向了一边。

想来，那个傻女人就是在看到这一幕后大喊大叫着冲过来的。

令人意想不到的是张琦真的敢动手，在与妈妈的撕扯之中，他甚至抬脚踹在了妈妈的肚子上，将她踹倒在地后，眼见围观的人越来越多才骂骂咧咧地走掉。

他说："老子懒得跟傻子一般见识！"

我猛地站起身，也无暇去管妈妈怎样了，只想用最快的速度逃离这里。

我怪身后的那个女人为什么总是突然地出现在我本不想让她出现的世界里。

回到家，我跟爸爸大吵一架，甚至终于忍无可忍地跑到瑟缩在墙角的她身边，对她吼出那句在心中埋藏太久的话。

我说："以后，你别来找我了好不好，我觉得很丢脸！"

空气，一下子陷入了死一样的沉寂。

其实，说出那句话的下一秒钟我就有些后悔了。

我定定地站在原地，眼泪"啪嗒啪嗒"落下，我看见爸爸苦笑了一下，开始收拾被我推到地上的碗筷，而瑟瑟发抖的妈妈一个字也不敢说。

后来，我是被听到吵闹声后及时赶到的顾北寒强行拖出家门的。想来，那也是顾北寒第一次朝我发火。

逼仄小巷的桂花树下，他猛地将我推开，盯紧我双眼，难以置信地对我吼："李子轩，你有什么权力埋怨你父母，要不是他们辛苦把你养大，现在你还不知道在哪里呢！"

他教育我的时候，我一直冷笑。

其实，我的心很痛，但我必须尽量表现得无所谓，可是忍着忍着眼泪还是掉下来了。

我哽咽着反问顾北寒，我说："我敢保证明天上学的时候，张琦肯定会用我妈的事情来嘲笑我。"

见我落泪，原本还气势汹汹的顾北寒仿佛突然间变了个人，竟显得有些手足无措起来，也许是因为从小我就很少哭，我的眼泪让他有些猝不及防吧。

我听见他用一种明显比刚才小了许多，温柔了许多的声音对我保证说："放心吧，李子轩，张琦那儿我来对付。"

说话算话的顾北寒果然在第二天早自习的时候来我们班找到了张琦，彼时，张琦正趴在桌子上呼呼大睡，他是在睡眼蒙眬中被凶神恶煞的顾北寒揪着衣领拎到楼梯口的。我担心事情闹大，便紧随其后跟了上去。

相对隐蔽一些的楼梯拐角处，顾北寒恶狠狠地告诫张琦："张琦，你以后最好少惹李子轩。"

> 妈，
> 我回来了

张琦的脸上始终挂着一副死猪不怕开水烫的表情，在伸出一根指头，轻轻地将顾北寒的双手从衣领上挑开后，冷冷地反问他："你算哪根葱啊？顾北寒，你跟李子轩什么关系？"

一句话，问得我和顾北寒哑口无言。

"说啊，你们什么关系？"

面对张琦的再次追问，顾北寒重重地咽了一口唾沫，隐忍许久，才下定很大决心似的对他说："我是她邻居和……朋友！"

"呵。"

张琦冷笑一声，故意撞开顾北寒的肩膀，无赖般的走到我面前："你又不是她妈，管那么宽干什么？话说回来，你要是她妈就好了，有个男的当妈，总比有个傻妈强吧？"

没想到，这句话除了让我极度难堪外，还彻底惹恼了顾北寒，只见他揪住张琦的衣领猛地一推，结果对方脚下一个趔趄，沿着楼梯骨碌骨碌滚下去了。

那一次，张琦的后脑勺缝了四针，而张琦非得在教导主任面前诬陷顾北寒是故意把他推下楼的。在被教导主任叫去问话之前，张琦还偷偷给我发了一条短信——你必须证明是他故意推我的，要不然，我就告诉老师打我的事情你也有份。

那一次，"故意伤害同学"的顾北寒被记了一个大过。

那一次，在被教导主任问话时，我当着顾北寒的面作伪证，所有的一切都是他故意的。

望着满脸失望的顾北寒，我也想过冲上前去，拉住他的手跟他解释，可是双脚却像是被人灌满了沙子，沉重地站在原地，无论如何也动弹不得。

大概因为我心里清楚地知道，即使走上前一步，我又能对他说什么呢？

我只能在心里默默地一遍遍地对他说着对不起。

"请原谅我啊，顾北寒，我不想被记过，据说只有档案没有任何污点的学生，才能被评上市三好，来年高考加分。我一定要考上大学，离开这里，离开我妈。"

四、我的生命里根本就不该出现顾北寒这样的人

让人意外的是，毕业前所剩不多的时间里，张琦再也没有找过我麻烦。

我从同桌那里辗转听闻，某天晚上，顾北寒主动找到张琦，请他吃了一顿饭，那顿饭过后，两个人竟然冰释前嫌，还成了兄弟。

对于男孩之间这种不打不相识的怪异理论我是不了解啦，我只知道，那几个月的时间里，顾北寒那欢快的口哨声再也没有在我家门外响起过。而爸爸仿佛也知道我面临高考，不能分心，把妈妈看得比平常更紧，她就真的再也没有在学校里出现过。

只有一次，我回家比较早，才发现妈妈竟然被爸爸拴在院子里的花树旁。

那次我轻轻解开绳子，却一句话也没说。

有好几次，我在上学路上遇见顾北寒，都想跟他解释些什么，而他通常只是微微一笑，便扭转车把，骑向另外一个方向。

我本来可以去追，甚至可能我只要喊出他的名字他就会停下，但我当然和从前一样，高傲地不曾这样做。

我只是微微有些难过，也许，我的生命里根本就不该出现顾北寒这样的人，我的青春乐章里本就不该有走音。

如果说原本镇子上还有个人值得我留恋，如今，就连这唯一的牵绊也没有了。

懦弱的我如今也只能躲在别人看不到的地方，看着他的背影，偷偷地给他们违心的祝福。然后，重新回到自己的世界，一遍遍地计算高难度的物理题。

我觉得自己就像一名悲催的建筑工，小心翼翼地搭建着一座通往远方的桥梁，不允许任何一块砖石出错，如今眼看就要竣工，却猛然间发现，不知不觉间弄丢了自己最想要的东西。

桥梁的另一边，一定还会有另外一个像顾北寒一样美好的男孩吧。

我时常这样想。

三、他们那个曾经迷失了方向的孩子，回来了

2010年盛夏，我如愿以偿地考上了大学。

在火车站，落榜的顾北寒还和那个女生一起有说有笑地来送我，我难过得拼命眨眼，不愿意让他们看出情绪。

再后来，有人说起顾北寒的消息，而我鬼使神差地给他写去一封信安慰他，可惜，他始终没给我回信。

他仿佛永远地消失在了2010年那个炎热的午后。

从2010年8月到2012年9月，两年时间里，我从未回过一次老家。我所在的城市其实离镇子并不远，我只是不愿意回去。

我找了份兼职，然后把赚来的钱分成三份，一份存起来做学费，

一份自己吃穿用度，剩下的全部寄回家里。

也许是从离家寄宿开始吧，我似乎感觉到自己的心态也变得和从前不一样了，以往我那样在意别人对我的看法，连朋友也不愿意交，始终担心别人戴着有色眼镜不会真心待我。而现在，我好像渐渐有些想家，也想念爸爸，甚至是妈妈。

我的眼前时常浮现出爸爸那双粗糙开裂的大手，以及妈妈的傻笑。

只有我自己明白，在内心某个看不到的地方，藏着一个伤口，轻轻碰触，便痛不欲生。

2012年年底，我一个人在学校过年，破天荒地接到了张琦的电话。

也许因为他和顾北寒成了兄弟，在我眼中莫名地也就不再那么面目可憎，加上他对待我的态度中分明多了几分歉意，他说："新年快乐啊，你怎么没回家呢？"

我客气地笑了笑正在想要寒暄些什么，又听他紧接着说顾北寒现在就在边上，问我要不要跟他说句话。

我一怔，听见顾北寒似乎接过了电话，我却在他开口说话的前一秒钟匆匆挂断，并且关机，抠下了电池。

我的心"怦怦怦"地跳个不停，我期待着得到他的消息，却又惧怕听到他的声音。

他一定还在恨我吧，一定不愿跟我讲话。

离开镇子时他来送我也一定是出于客套，要不然，为什么不给我回信？

已经结束的一切，就让它结束吧。

妈，我回来了

因为学生放假而停暖，窗户上结满了冰花的宿舍里，我抱紧自己的双肩，这样悲观地想。然而，令我怎么也没有想到的是，四个小时后的凌晨一点钟，顾北寒突然出现在了我们学校。

也许是夜深人静，加之跟张琦一起喝了酒的缘故，他站在女生宿舍楼下大叫我名字的声音显得特别洪亮。

朦胧之中，我还以为自己又在做梦。

"李子轩，李子轩！"

等我手忙脚乱地推开窗子，看见楼下那个满身是雪，骑在摩托车上的男孩时，隐忍了那么久的眼泪终于还是夺眶而出。

他在楼下大声埋怨我说："为什么不接我电话，为什么不回家陪李叔李婶一起过年？"

喊着喊着，他甚至像个孩子似的任性地坐进了雪地里，他说："张琦那个王八蛋打赌我不敢来找你，我才不会让他看不起。"

狂奔下楼的我破涕为笑，我突然觉得，某个人似乎上了张琦的当。

腊月二十七，我坐到顾北寒从张琦那儿借来的摩托车上，迎着风雪，披着毛毯，在天快大亮时赶回了小镇老家。

我没想到虽然我早已去了外地上学，妈妈还是会经常去高中学校门口喊我回家吃饭，我更没想到顾北寒告诉我这件事时我会抑制不住地大哭。他说："你不知道吧，李子轩，可能是因为太想你，李婶的精神也越来越差了，李叔怕你担心，影响学业，一直不让我和张琦告诉你。"

他说："有些事情不能怪李婶的，她只是单纯地想要对你好。"

我感到自己面颊上的泪水结成了冰。

我坐在摩托车上破天荒地迫不及待给爸爸打了电话，我听见电话

那头的妈妈像个孩子似的欢呼雀跃。

欣慰的是,他们那个曾经迷失了方向的孩子,回来了。

六、妈,我回来了

遗憾的是,我最终也没能吃到从不会做饭的妈妈张罗的那顿早饭。

赶到镇子的时候,我满眼都是肆虐的大火,以及站在门口大声哭号的爸爸。

我只看见一些邻居不停地往我家房子上泼水,有些披了湿被子的男人还不顾安危地冲进了火海,我声嘶力竭地叫了一句"妈",就晕倒在了顾北寒的怀里。

我在顾北寒家醒来后的第一件事就是不顾一切地奔向医院,手术室外安静的走廊里,双眼红肿的爸爸解释说,因为风雪太大,他把妈妈锁进屋里,然后一个人赶到外面想要接我们。他想也没想过,从来不会做饭的妈妈,会自己打开煤气灶。

说话间,他还把两只尚有余温的鸡蛋递到了我的手中。

据说,那两只鸡蛋是医生帮妈妈处理烧伤的时候,从妈妈手中取出来的。

我将那两只鸡蛋捧到胸前,隐忍了那么久,终于忍不住当着众多邻居街坊的面号啕大哭,我望着急救室还在闪个不停的红灯轻声地叫她妈妈,因为我知道,这是她一直想要听到却从未听到过的话。

泪眼蒙眬中的我突然明白,原来,我一直以来深以为然的嫌弃,竟是我最无法舍掉的东西。

我相信,就像医生在治疗室外面对我们说的那样,如今那个躺在

妈，
我回来了

病床上被纱布团团包裹的妈妈终有一天会醒过来，温暖的笑容依然会浮现在她的嘴角。

我坚信，并不是所有的回头是岸都注定为时已晚。

到那时，我一定不再自卑，不再抱怨，而是紧紧牵着她的手，走过大街，穿过小巷，告诉每一个认识的、不认识的人，她，是我妈妈！

妈，我回来了。

安夏之远

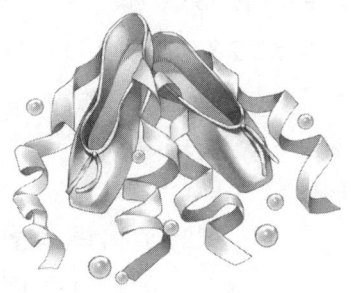

有时候生命的不堪一击并不可怕,可怕的是别人的生命不堪一击。比如你会从某个与你有血缘关系的人的死亡中,看见另一个人的宿命,而这两个人你都是如此深深地爱着,不想失去。

于是你想象着不知道哪一个夏天的夜里,连绵的雨将空气染得潮湿,她坐在阳台的藤椅上看一本书,突然心口一阵绞痛,于是身子一斜,冬瓜一样的脑袋跟水泥地面接触时发出沉闷的撞击声。她的嘴唇一瞬间变成紫青色,她挣扎着想要抓住即将不再属于她的一切,就连呼吸也一丝丝从她趋渐僵硬的喉管里抽离。她努力地撑开十指,由于太过用力,几乎能看见消瘦的骨节透过浅薄的皮肉微微地泛着白色。视线,就在此时变得模糊,她的内心充满了恐惧,迅速地回想着这一生还没有来得及完成的事情。

她想起今年幼儿园的"五好孩子"就要评选了;她想起跟那个叫安夏的家伙打了一个赌;她想起幼儿园旁边的那个水上乐园,她说过要和你还有安夏一起去玩的;她甚至想起了你家的那只猫,它总在四月间爬到梧桐树上没完没了地叫,街坊四邻都不得安生。她本来盘算着,要在这个秋天去宠物医院里给它领养一个"媳妇"……

可是,这一切她再也不能实现。

她这样想着,胸口仿佛不再疼痛。

她的视线开始涣散,漫天漫地的大雪静静地盖在她的胸口,渐渐地将她堆积成了一座"山"。

她的身体中的每个细胞都想休息……

我想起小时候，步静远曾经满脸惆怅地对我说："安夏，爸爸没有了，他们说姐姐也会死，我不要失去姐姐，所以请你跟我一起保护她。"

我学着安雷生的口气，摸着她毛茸茸的小脑袋说："傻孩子，步静遥怎么会死呢？我们都还年轻，一切都才刚刚开始……"

而我所想到的这个死亡的情景，应该在她的脑海中不止一次地浮现。这是一个残酷的现实，绝情地吞没了她儿时的快乐、青春、未来，以及我们的爱情。

二

我从方年图的那台比蜗牛还要慢的电脑旁边缓缓地站起来，觉得自己的脑袋开始剧烈地疼痛，我不敢相信刚才电脑屏幕上出现的那个女孩就是步静远。我突然觉得特别恶心，想要呕吐，眼泪却率先奔涌而出。

时至今日，我依然能清晰地记起步静远小时候的样子。她的妈妈是个爱美的女人，总是把自己的两个女儿打扮得像两朵花。步静遥会站在比她还要高的穿衣镜前面转一个圈，再转一个圈，如同一位小小的公主。而步静远，只是远远地蹲在房间的角落里，侧头看向窗外。窗外梧桐树紫色的喇叭形花朵，开得那么繁复，我看见阳光落在她的眉心，寂寞流连不去。

我努力闭紧嘴巴，然后指着方年图的鼻子恶狠狠地挤出几个字来，我说："方年图，这事就你我知道，我不许你打她的主意。"

我从方年图那凌乱不堪的宿舍里逃出来，小时候的一幕幕浮现在眼前。

好像从我认识步静远的第一天开始,就从来没有见过她哭。她是如此坚强的一个小姑娘,跟个男孩子似的帮姐姐打架,从来不玩那些女孩子喜欢的毛绒玩具,只有一只独眼的小丑布偶。

那只布偶是在她六岁生日时我送给她的,其实当时我是把它和一只会跳舞的熊一起放在她们面前让她们姐妹俩自己选的。我看见步静远的眼中充满了欣喜,直勾勾地盯着那只熊,伸手的时候却被步静遥抢了先。她脸上的失望只那么一瞬间,似乎怕我看见,然后紧紧地把眼睛坏掉一只的小丑布偶抱在怀里,说:"安夏,我真的好喜欢这个娃娃呢!"

后来我曾经有过一次看步静远掉眼泪的机会。

七月,我坐在门口解一道两个未知数的方程题,门外的雨已经漫过了第一道台阶。我听见步静远焦急的呼喊声。

"安夏,安夏!"

我抬起头来,一下子被眼前的一幕惊呆了。七岁的步静远手里拎着一只破败不堪的小丑布偶,站在密集的雨幕中,我看见她的绿色凉鞋丢了一只,雨水沿着她瘦弱的胳膊滴落下来。她的头发微微卷曲着贴在额前,雨水在她的鼻尖、嘴唇和下巴处汇成一条条小溪。所以,当时匆忙奔向雨中的我根本就看不清她那双惊恐万分的大眼睛里面到底有没有泪水的痕迹。

"怎么了,步静远?"

我抓起她的胳膊一边往回跑一边问。她来不及停顿一下,慌乱中问我:"你爸爸呢?"

"我爸爸?"

"安医生呢,安雷生呢?"她着急得开始对我父亲直呼其名。

父亲趿着一双塑料拖鞋从屋里探出头来，看见她的模样也吓了一跳："怎么了，小远？"

"伯伯，我爸爸……我爸爸……他快不行了，你能不能去救救他？"

那天，落汤鸡一般的步静远给我和父亲出了一道难题，她竟然慌不择路地找了一位宠物医生去救人。

等我那可爱的爸爸拿着一堆对付猫啊、狗啊的器具赶到步静远家时，步静远的爸爸早已经躺在他老婆的怀里停止了呼吸。长相几乎和妹妹一模一样的步静遥吓得坐在地上瑟瑟发抖，看见我们她突然跳起来，抓住妹妹的衣领一阵扭打。

她说："臭小孩，你刚才去哪里了，爸爸一直说要看看你。都是因为你，是你把他气死了！你不知道爸爸的病不能生气吗？"

浑身湿透的步静远任凭姐姐尖利的指甲划破脸颊，依旧一动不动地站在已经开始渐渐变冷的爸爸身体的前方。她的表情安静得让我害怕，我缓缓地挪到她旁边，扯了一下她冰凉的衣襟。我说："步静远，你爸爸真的死了呢！"

"啊！"我的一句话仿佛加剧了步静遥胸中仇恨的火焰，她开始更加疯狂地撕扯步静远，口中叫道："你还我爸爸！还我爸爸！"

我忍无可忍，上前一把将她推倒在地上。

跌坐在我面前的步静遥眼泪汹涌而出，她说："安夏，怎么连你也帮着她，是她把爸爸气死的！"

我不想跟这样一个胡搅蛮缠的小姑娘多废话，转过脸来看着安雷生。之所以不叫他爸爸，是因为他喜欢平等，喜欢我直呼他的名字。我想，安雷生此时此刻应该会有办法吧？

可是，后来我才知道当时自己错误地估计了爸爸的能力，就他

那两把刷子,伺候一下四条腿的还行,对于人类这种两条腿的高级生物,他也爱莫能助。

所以,我只是看见他跪在步爸爸面前十指交叉相扣,拼命地在他胸口按了两下,然后用微微弯曲的食指在他人中的部位探了一下,摇摇头说:"唉,他死了。"

其实步爸爸死了这个事实大家早就知道了,所以安雷生此话一出口并没有像想象中那样产生轰动效果,只有我一个人如梦初醒一样干号了两句,聊表自己的悲伤之情。

步静远从姐姐身边离开,我看见她的左腮处一道抓痕渗出血来。她静静地穿过客厅,走到米色的布艺沙发旁,盘腿坐进角落里。然后,她把发丝凌乱的脑袋深深埋进臂弯里面,肩膀一抖一抖。剩下的那只绿色凉鞋沾满了泥巴,被她抖落到一边,由于受到挤压,泥水从小丑布偶的身体里流出来,滴在沙发上面,迅速消失。

仲夏的雨天傍晚,我突然明白了布偶的眼泪为谁而流。

步爸爸出殡那天,太阳好像把积攒了一周的热量毫无保留地投向大地,全世界的雨水仿佛瞬间被蒸发殆尽。步静遥怀里的那张巨幅黑白相片反射出耀眼的光芒,眼泪和鼻涕流个没完。而她左手边的步静远却面无表情,穿着一双宽口的黑色小皮鞋,亦步亦趋地跟着姐姐。

我站在前来送行的大人中间,好不容易探出脑袋来,双手在嘴巴上拢成喇叭形状。我说:"步静远,你得跟姐姐一起哭,听见了吗?步静远。"

她抬起头来看了我一眼,嘴唇始终紧闭。我急了,正打算再次提醒她,安雷生的大手就像拎小鸡一样把我拎出了人群。

"你捣什么乱呢?"

他一边踮起脚往里面看,一面漫不经心地质问我。

我歪着脑袋仰起头,太阳那么强烈,我怎么努力也睁不开眼睛。"安雷生,静远的爸爸是不是真的让她气死的?"

爸爸低下头,哭笑不得地看着我反问:"你可比静远淘多了,我现在不还是活得好好的吗?"

那时候的七月是什么样的景象呢?

后来,每当我回想起这段往事,只能看见步静远扎两条细细的羊角辫,嘴角弯成倔强的弧度。一袭黑色连衣裙,胸口处别一朵白色小花,眼睛一直盯着爸爸的遗像。亲戚朋友们瞻仰遗容的时候,步静遥哭得昏天暗地,从她的哭声中我隐约能感觉到事情的严重性,也许,步静远的悲惨命运就是从那一刻开始的吧。

送行的队伍越走越短,快到墓地的时候只剩下稀稀拉拉的几个人,我就是其中的一个。步静遥的眼泪终于哭干,坐在墓碑前面干号。步静远缓缓地俯下身来,帮姐姐把粘连在衣服上的草叶一片片揪下来。然后她转过身来看着我,我看见她的嘴唇微微地撇了几下,想要哭,最终却努力忍住了。

我小心翼翼地走到她面前,似乎怕打扰到长眠在这里的步爸爸。

我在她旁边站定,冰冷的黑色大理石墓碑上清清楚楚地写着——步笑尘之墓。那一刻莫大的悲伤席卷了我,我知道,我们永远失去了那个会讲三国故事的历史老师,他口中的诸葛亮活得那么洒脱,甚至把自己的身后事都安排得如此天衣无缝;他还会在三月晴朗的午后带上三个小屁孩,到人民广场的空地上放风筝,风筝飞得那么高,却始终逃离不了他手中那条细细的线。然而,这么一位慈祥的人,却永远也不会再回到我们身边了。

想到这里,我"哇"的一声哭出来。

本来已经停止哭泣的步静遥好像受到了感染,我们俩就像两个高音歌唱家一样,声音争先恐后地一路高上去。换气的间隙,我转过身来问步静远:"远远,你爸爸死了,你怎么不哭呀?"又用命令的口气呵斥道,"快点儿哭!"

步静远就像没有听到我说的话一般,低头从我身边走过去。我追了上去,扳过她的脑袋:"步静远,你爸爸死了,永远也不回来了!"这句脱口而出的话,长大后我曾追悔莫及。

步静远的眼神暗淡下去,很倔强地仰起头来,盯着我说:"安夏,他又不是你爸爸,你为什么哭?"

我一时语塞,只能跟在她的身后回家去。

陵园里有条贯穿南北的水泥路,路的两旁种满了长寿松柏。一棵棵松柏低垂着头,这样的场景让我想起暑假前刚刚学过的那篇课文——《十里长街送总理》。

步静遥紧紧地抓着妈妈的衣襟,走在前面,她们后面的不远处跟着步静远,我则跟在步静远的后面。笔直的水泥路,几百米的距离,七岁的小女孩步静远始终没像妈妈和姐姐那样回过一次头,宽口小皮鞋敲击地面的声音如此决绝。

那天下午我回到家的时候,天已经快要黑了。妈妈守在门口,看见我便匆匆迎了过来。

"这大半天你都跑哪儿去了?"

她大声地埋怨我,巴掌眼看就要落在我的屁股上。安雷生闻声从屋里赶出来,一把把妈妈推开,笑着问我:"小夏,刚才是不是去安慰那俩双胞胎了?我儿子可真懂事,好朋友就是要互相关心的嘛!"

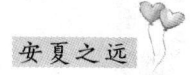

我抬起头来看看爸爸,接着紧紧搂住他的脖子说:"爸,你以后可不许死!"

安雷生费了好大的力气才把我从他脖子上扯下来,伸出那只带着猫狗骚味的大手胡乱在我脸上抓了一把,帮我擦掉眼泪。

"好,好,好,爸爸不死,爸爸不死。都那么大的男子汉了,怎么还哭?"他的声音那么温柔,一直以来我都以为那是他对一个小孩子的承诺。

我顿一下,伸出右手和他击掌为誓:"爸爸只要不死,我就不哭,我会变得跟远远一样坚强的。"

后来,步静远曾经站在我的面前,摆出大姐大的架势,指着我的鼻子告诫我:"安夏,我爸爸死了,以后你不许欺负我姐姐!"

她一面跟我说这些话,一面把一个巨大的红色塑料盆放到小区的公用水池边。盆里面盛满了她和步静遥的衣服,其中还有那个小丑布偶。她的小臂在太阳下反着光,能看见细密柔软的绒毛。

那个时候的步静远在我眼中是一位洁白无瑕的公主,骄傲被无情地掩埋在真实的生活之下,变成了倔强。随着时间流逝,步静远也渐渐地变成了另外一个样子,但在我的脑海里,儿时的那段时光要比现在或以后任何一个时候都清晰。因为,我所怀念的步静远永远地留在了那个年代,不再回来。

三

出了学校的大门,我就迫不及待地按下了步静远的电话号码,我说:"步静远,你在哪儿呢?"

"我在上班啊,这个点儿还能干什么?"她脱口而出。

我顿一下,强压住内心的怒火:"我有点儿急事找你,你能不能见见我?"

"可是,我在洛城啊,离咱们家乡有上千里路呢。"

我终于对她一再的欺骗忍无可忍,吼道:"步静远,我知道你还在这座城市,我给你半个小时的时间,你立刻、马上出现在我面前!"

电话那头出现了短暂的停顿,然后她叹了口气:"安夏,告诉我,你都知道什么了?"

"步静远,你今天是不是跟一个叫'橘子皮'的网友视频聊天了?"

她不再争辩,冷冷地问我一句:"你在哪儿?"

我想了想,然后告诉她说:"你还记得小时候我们去过的那个水上乐园吗?"

她没接话,随即挂断了电话,电话那头传来"嘟嘟"的忙音。

我说的水上乐园,是我们小时候上学的必经之路。如今,那条一到下雨天就泥泞不堪的道路,早已经铺上了一层厚厚的沥青,日光下泛着冷光,少了小时候的那种温暖。而一墙之隔的水上乐园,也已经荒芜,曾经在云端百转千回的水车,只剩下一个油漆斑驳的巨型铁架,孤零零地矗立在荒草之中。

那时候的夏天,我们背着书包,手牵着手从两米高的围墙外面经过,总能听见同龄孩子响亮的欢笑声,还有不断发出的有人跳进水中溅起的"哗啦哗啦"的水声,多么美妙。

有时我和步静遥会把耳朵贴在墙壁上,脸上露出羡慕的表情,而那时的步静远往往会在不远处的阴影里立刻停下脚步，然后蹲下身数地上的蚂蚁。

"步静远，你快过来呀！"我焦急地向她招手，乐园里的大喇叭正播放着一曲欢乐的童谣。

可是步静远不为所动，依旧静静地蹲在围墙的拐角处。

我走上前去，摊开她的掌心，帮她拍掉手上的土。"步静远，蚂蚁有什么好玩的，你想不想进去看看？"

兴奋的光芒在她的眼中转瞬即逝，她站起身来坚决地离开，仿佛没有一丝留恋。

步静遥埋怨着从后面追上来，她说："安夏，等我长大赚钱了，一定请你们去水上乐园玩一次。我喜欢那架红色的滑梯，它的下半截一定是淹在水里的。我们会从那么高那么高的地方一下子滑到水里去，你说多刺激啊！"

我知道，步静遥说她喜欢滑梯是因为从围墙外面看过去，我们只能看见它，除此之外的那些林林总总的快乐，我们一无所知。我觉得当时我们几个的悲哀在于，我们就像是三只从小生活在水井里的蝌蚪，最后变成了青蛙，却也只能看见头顶上摇摇欲坠的唯一的一颗星星。

我从后面抓住步静远的手，她转过头来看着我。我说："步静远，你到底想不想进去玩？我们现在就进去！"还没等她反应过来，我就拉起她的手一路狂奔，步静遥被远远地落在我们身后白杨树斑驳的阴影里。

我在墙角站定，指了指旁边的大树："我们沿着这棵树爬上去，步静远，你先上，踩着我的背。"

然而那天，我们并没有如愿进入水上乐园，那天步静远从墙上跌了下来，额角还磕出了一个三角形的疤。我看见血沿着她苍白的脸颊一直滴落到她的帆布鞋上，我赶忙抱起她拼命地往家的方向跑，一边跑，一边还叫着："安医生，安医生！"我知道，只有当我叫爸爸"安医生"的时候，他才能想起自己的职业，才能有所准备。

我觉得那个伤口仿佛长在了我的心里，她每流一滴血，我就失去一丝力气。后来我才明白，其实我那时候之所以有这种感觉，完全是因为负重奔跑。

后来步静远站在一脸沮丧的我的面前，指着自己三角形的疤开玩笑似的说："安夏，这不怪你，是我想要去乐园玩的。这样反而更好，免得有人分不出我和姐姐来。"

我想那时候我是打心眼里喜欢步静远的，可是现在，步静遥却成了我的女朋友。

我总是想不明白，到底是什么力量把我从坚强的步静远身边拉到了步静遥身边呢？高考那年，步静远拒绝我时曾对我说："安夏，我都已经不健全了，你还是喜欢步静遥吧，她比我更需要保护。"

我说："步静远，你这个理由也未免太牵强了吧，额头上有个疤就说自己不健全了呀？"然后她就笑："安夏，你真可爱，你一直对我这么好，就像哥哥保护妹妹一样。我对你只有亲情，妹妹怎么会喜欢上哥哥呢？"她这么说着，然后一蹦一跳地消失在我的面前。

自从步爸爸去世以后，那是我见过她最开心的一次，也就是那个夏天，她从我们的世界消失了。直到后来步静遥顶替了她的名额，跟我一起到大学报到的时候，我才肯接受这个事实。后来，步静遥便收到了她的汇款，那一刻，我才明白，她是为了减轻家里的负担才离开的。

我想到这里，手机突然响了起来。步静遥的声音里充斥着责备："安夏，你在哪儿呢，大伙儿都在等你呢。"

我突然想起今天要去长岛野营的事情，心中顿时充满了对她的歉意，于是语气变得很轻柔："不好意思，静遥，我突然有点儿事情去不了了。"

"安夏，你什么意思啊？"

我不再言语，当你所有的话都成为别人反驳的论据时，最后只能选择做一个彻头彻尾的哑巴。

"安夏！"电话那头的步静遥开始生气，闭着眼睛我都能想象她爹毛的样子，"你告诉我你现在在哪儿，我去找你！"

"你找我干什么呀？你自己去不就行了。方年图不是也在吗，他会好好照顾你的。"

"你说不说？"她依旧不依不饶，这一点她与静远有天壤之别。

我只好说道："我在水上乐园呢，跟朋友有事商量。"

她说："为什么去那地方？都破得不成样子了。好了，那我自己去长岛了，两天后回来，你可要在家乖乖听话。"

我答应着，然后点点头。事后我才发现其实自己挺傻的，点头干什么呀，反正她又看不见。

四

步静远还是原来的样子，穿一身黑色的短西装，仿佛一个真正的白领。我侧头冷笑一下，都到这个时候了还跟我装。

"等很长时间了吗？"她问我，语调就像是从未离开过那样轻松。

我盯紧着她的双眼:"告诉我,那一切都是真的吗?"

"什么真的假的?"

"啪",巴掌重重地打在她的脸上,却疼在我的心里。

我抬起头来,她却依然微笑着。

我说:"步静远,今天视频中的那个陪酒女郎难道不是你?你不会告诉我只是跟你长得像吧,难道连你太阳穴边上的那个疤也是巧合吗?"

她紧咬住嘴唇,静静地站在原地。

我就那样狠狠地瞪着她,似乎要用目光将她烧化。

然后步静遥就风风火火地赶来了,她从背后扳过步静远的脸,也像我一样扬起了手,却停在半空中,迟迟没有落下。我看见她的头在妹妹面前摇得像个拨浪鼓,而那一巴掌,最终却落在了我的脸上。

"小远,我真想不到会是你!我原来还天真地以为你真的去洛城了呢!我知道安夏从小就喜欢你,那你为什么离开他呀?你们直接在一起不就得了吗,干吗谈个恋爱都那么迂回?你们折磨我干什么?"她盯着步静远说完,然后缓缓地蹲到地上掩面而泣。

我张了张嘴想要把一切都告诉她,可是抬头却看见步静远企求的目光,于是只好拍拍步静遥的肩膀说:"步静遥,你误会了,小远刚从洛城回来,想见见我。"

"误会?安夏,你哄三岁小孩子呢?她可是我亲妹妹,大老远的回来为什么不见我却要先见你?"

场面开始变得十分尴尬,我委屈地站在步静遥旁边,如同自己真的做了什么见不得人的事情。几分钟过后,还是步静远打破了这个尴尬的局面。只见她慢慢地走到步静遥面前,摇着她的胳膊央求道:

安夏之远

"姐,我和安夏真的没什么,我本来打算先找他,然后让他把你约出来给你个惊喜的。"

结果步静遥却给了她一个惊喜,大红的巴掌印深深地印在步静远的脸上,"惊喜"得一瞬间丧失了所有的语言。

我猛地冲上去,一把抓住步静遥的手:"你怎么那么喜欢打人,她可是你妹妹!"我这样说她,心里难免觉得可笑,就在不久前我还打过步静远呢。

步静遥甩开我的手头也不回地走掉了,现在几乎所有邻居都知道她是我的女朋友,我想不负责任也没门了,于是紧紧地跟上去,我拉住她的手:"静遥,你能不能相信我一次?"

我们站在荒草丛生的水上乐园里,争论一场子虚乌有的悲伤。季节之末的阳光如此强烈,仿佛燃尽早已废弃的美好记忆。而爱情,从来未曾降临般的穷途末路。

"安夏,告诉我,你们俩来往多长时间了?"步静遥仰起脸来看着我问道。

我失去了跟她纠缠的耐性:"步静遥,你若真相信我和小远之间有什么,那我告诉你,我们从很久以前就开始了,这样说你可满意?"

终于,步静遥不再说话,眼泪安静地流了下来。我转过脸去,远处的步静远不见了身影。

是啊,步静远,从开始的开始,大学校园里的那一对甜蜜的情侣就应该是我们俩吧。只是,如果真的是我们俩,我绝对不会像现在这样貌合神离罢了。

五

后来，我和步静遥之间的感情出现了前所未有的危机。

那个银杏叶落满整个校园的秋天，我享受到难得的安静。方年图曾经趴在脏兮兮的电脑屏幕旁边问我："步静遥怎么会是那样的人呢？好在你们俩现在分手了。"

我干笑了一下，然后冲他吼道："方年图，你别给我胡说八道，我告诉你了，那不是步静遥，我跟她分手也不是因为这原因。"

方年图站起来，眼中露出非常鄙夷的神情，嘟囔着："知道她原来是你女朋友，但也不能这么护犊子呀！"边说边迅速地跑开了。我突然觉得他刚才的话挺没有道理的，步静遥又不是我生的，凭什么说我"护犊子"啊。

自从那次不辞而别，我几乎见不到步静远了，唯一的一次碰面是在步行街的十字路口。我们俩的手几乎同时握在小店老板递过来的一支冰激凌上。她穿了一条特别短的皮裙子，腿上罩一层黑色丝袜，脸上化着我几乎认不出来的烟熏妆。我认出她的那一瞬间，想到的竟是——穿成这个样子，她冷不冷？

她和我一样惊讶，愣愣地站在原地。

我说："小远，你回家吧，我不会告诉任何人的。"

她的眼神很慌乱，然后盯着马路对面一个西装革履的老板模样的中年人说："安夏，请你不要找我，以后见着我也要装作不认识我。"

她如是说，然后风一般从我还未来得及抓紧她的右手边滑过。

冰激凌握在手中渐渐融化，方年图的电话打了过来。电话中他说："步静遥突然晕倒了！现在在医院躺着呢！医生说问题挺严重的，要我叫家属，我又不认识别的家属，一想你是他'前夫'，这不就给你打电话了。"

我匆匆忙忙地赶到医院的时候，方年图那小子正在走廊里来回地踱步。我抓住他的衣领，上气不接下气地问他："快告诉我是怎么回事，怎么突然就晕了？"

他支支吾吾地说："也没什么，我就问了她上次视频的事，然后她就晕了。"

步静遥的妈妈赶过来的时候，我和方年图已经停止了厮打，他一边整理着自己凌乱不堪的衣服，一边静静地站在我们旁边听医生宣判。

先天性心脏病，跟那年夏天静静死去的步爸爸一样，属于遗传性疾病。

听到这我愣了一下，然后看看她的妈妈，这么大年纪，先是失去了丈夫，现在女儿又得了相同的病，真怕她一个不小心也晕过去。

可是老人家的表情异常平静，这大大出乎我们的意料。医生还说，步静遥最好尽快做手术，费用至少十几万。这下老人家晕倒了，一群医生好半天才抢救回来。

方年图那个浑蛋到这时候了还说风凉话："哦，原来伯母不是心疼自己的女儿，倒是心疼人民币啊。"

我用胳膊肘使劲捣向他的肚子，然后我听见步妈妈告诉我说："安夏，你扶阿姨回家吧。其实遥遥的病我们早就知道了，是幼儿园体检的时候查出来的，说是二十岁左右得做手术。这几年我也一直攒钱呢，连小远的学业都荒废了。可是到现在也没攒够她的手术费，我

啊,最对不起的就是小远。可怜她比姐姐都懂事,这几年也省吃俭用地帮姐姐凑钱……"

我听着听着,眼睛突然模糊。

我说:"伯母,您别说了,我也对不起小远,上次我还打过她呢。"

方年图听得一头雾水,扯扯我的衣角说:"步静遥还有一个妹妹?"

我点点头:"是的,她还有个双胞胎妹妹,叫步静远。"

他思考半天,然后几乎大叫道:"哦,我知道了,原来视频……"

我赶忙转过身去捂住他的嘴巴:"方年图,现在明白上次为什么认错人了吧?"

方年图领会到了我的意思,点点头对步阿姨说:"阿姨,您的两个女儿长得真像,都那么漂亮,可真是您老的福气呢。"

步静远穿着朴素地来看望姐姐,拎着大兜大兜的水果,红色的苹果,黄色的香蕉还有粉色的火龙果。步静遥突然从病床上坐起来,将桌子上的水果一股脑地推到地上。"把你的东西都给我拿回去,我不要你的脏东西。"

步静远紧咬着嘴唇缓缓地蹲到地上,把水果一一捡进袋子里。那是我第一次看见她的眼泪,大颗大颗地砸在袋子上面,发出"沙沙"的声响。我想要把她扶起来,却被步静遥拉住了。她恶狠狠地盯着步静远对我说:"安夏,你别管这个不要脸的家伙,我们家的脸都让她给丢尽了!"

那一刻,我很想给步静遥一巴掌。可是她是个病人,我不能跟她一般见识。

我把步静远送出去的时候正好看见步阿姨煲了鸡汤从对面风风火火地赶过来,步静远看见她,一句"妈妈"含在嘴里迟迟不敢叫出来，然后找了一条小路逃了。

那段时间我一放学就跑到医院里去看步静遥，每每看见步阿姨匆匆来去心里就特别难受，然而有一天她忽然变得很高兴，神经兮兮地对我和步静遥说："遥遥的手术费凑齐了，我们家遥遥又可以活蹦乱跳了！"

那么多钱，她一个人，怎么可能在那么短的时间内筹到呢？

我心中充满了疑问，问她说："阿姨，这钱你哪儿弄的？"可能是因为港台电影看多了，我真怕她脑袋一热去借高利贷，以后人家拿着刀枪追杀她们母女的场面我可不想看到。

她叹口气说："小远从洛城给我寄了十万块钱，说是她向他男朋友借了五万块，自己还存了五万块。这小丫头别看她小时候野，到了关键时刻还真行。从小我就告诉她，姐姐有病，她要让着姐姐……"

我一瞬间仿佛明白了步静远所做的一切，步静遥也一下子呆住了，好不容易缓过神来对妈妈说："妈，你怎么那么傻，小远说什么你都信，你知不知道，小远她一直都没有去过什么洛城。"

六

步静遥的手术很成功，在医院休养了一个月便出院了。而她出院后的第一件事就是拉着我去找步静远。她说："安夏，以前是我不对，我知道你肯定知道小远在哪儿，求求你带我去找她吧。"

我说："遥遥，你住院的这些天，我也去找过她，可是一直没有找到。你先回家休息，把身体养好了，我想小远会回到我们身边的。"

可是步静遥死活不答应，每天非要拉着我到步静远以前经常出没的地方蹲点等候,搞得我们俩跟警察似的。

我们是在守了一个星期后遇见步静远的,天气已经转凉,她穿了一件烟灰色的短风衣,紫色的长裙子,头发由酒红色染回了原来的黑色,服服帖帖地盖在似乎永远那么安静的脸上。她没有看见角落里的我们,拉着一只大红色的皮箱从我们身边经过。那一刻我突然想起小时候白雪公主般的步静远,这样的感觉恍若隔世。

步静遥看见妹妹,慌忙从我身边跳了出去,大声地呼唤步静远的名字。她说:"步静远!步静远!跟我回家。"

也许是周末步行街上的人群太嘈杂,步静远仿佛没有听见她的喊声,依然决绝地向前走着。

步静遥有些着急,加快了脚步向她的方向追过去。我也加快了脚步,在她的手即将触碰到步静远的指尖时,及时地拉住了她的胳膊。

她转过头来疑惑地看着我,我摇了摇头,然后她就趴进我的怀里静静地哭了。她说:"安夏,那么久以来,她一直默默地为我牺牲,为我放弃学业、保护我、包容我,甚至为我放弃了你。"她顿了一下,"其实,我只是想对她说一句'谢谢'。"

步静远的身影在我的视线中越变越小,如此长的一段距离,她一直不愿回头。这个地方、这条街,应该没有什么东西、什么人,让她留恋。

我轻轻地告诉步静遥:"步静遥,你知道吗,有些人选择离开,是不希望让你找到的。从此以后,我们只要知道她在一个新的地方变回了原来的自己就足够了,其他的任何一切都不重要了,不再重要……"

红色的拉杆皮箱在泪水中渐渐模糊变形,变成一朵花的样子,我清晰地看见箱子的拉链上拴着一个小丑布偶,随着她坚定的脚步左右摇摆。

那是一朵什么样的花呢?

应该是幼儿园的时候,步静远从老师办公室里乐呵呵地走出来,手里拿着的一朵小红花。我知道,那是班上给"五好孩子"发的奖励。

那时候,我站在对面的葡萄藤下,她背后的蔷薇花开得那么鲜艳,她一蹦一跳地走到我的面前,然后一本正经地对我说:"安夏哥,张老师告诉我说姐姐有病不能生气,也不能不高兴。你说我要把小红花送给她,她会不会很开心?"

回忆中的这一幕在我脑海中得以复苏,生动跳脱,有种绝望般的美好。小时候的步静远一副郁郁寡欢的模样,就算欣喜,也是为了别人。我相信,自此以后,亲爱的步静远一定会在一个我们不得而知的地方幸福地开始自己新的生活。

春天花开,秋天花落,阳光照旧,万物静好。

我紧紧地将步静遥拥在怀里,用力向上扬了扬嘴角,努力做出微笑的样子。因为,我知道,在步静远的内心深处一直希望自己所爱的人能够时时刻刻快乐……

白色踏板车开不到永远

你在我的心里过期居留

一、我的确没心没肺，我甚至连肝都没有

莫小川是我的名字，一个像男孩一样的女孩的名字。

阿罗说一般叫这种名字的女生都没心没肺的。

我的确没心没肺，我甚至连肝都没有。

阿罗又说没心肝的女孩一般都活得快乐甜蜜，因为她们压根就不懂得什么叫忧伤。

我承认没有遇到陆荷白之前真的不懂什么叫忧伤，我甚至没有为一个男孩子流过泪。

可是彼时的我生活得并不快乐，就算我经常去一家叫作红糖果的酒吧，生活也并未像糖果一样变得甜蜜起来。

我涂深色唇彩，穿灰色丝袜，抹紫色眼影，在酒吧里对着一位穿得人模狗样的中年男人吹口哨。谁知道他一下子就急了，猛地站起身来冲到我的面前，对我吹胡子瞪眼。

我说："先生什么眼光啊，居然对那种人老珠黄的女人有兴趣。"

在他的身后坐着一位四十岁上下的女人，那眼神迷离得跟散了光似的。

他的鼻子都气歪了，恶狠狠地看着我，然后高高地扬起了巴掌，看样子是要在我那姹紫嫣红的脸上来一掌，他不许我侮辱他的女人。

然而他的巴掌还没落下来呢，戏剧性的一幕就发生了，只见一名穿着黑色小西装的男生踩着桌椅冲到了我的面前，然后不由分说地在那个男人的啤酒肚上踹了一脚，又以迅雷不及掩耳的速度拉起我的手，冲出了酒吧。

　　酒吧外面，流光溢彩的马路边上，他自以为做了一件天大的好事似的对我炫耀，说："我叫陆荷白，你呢？"

　　不等我回答，他又自顾自地说道："酒吧里面那种老牛吃嫩草的家伙比比皆是，以后你再来酒吧最好带个男生，那样的男人一旦没了面子往往就会丧心病狂，今天要不是我，你肯定会吃亏的，怎么样，你打算怎么谢我？"

　　那天，我感谢他的方式很特别，狠狠地在他那张自以为是的脸上扇了一巴掌。

　　他捂着左脸，疑惑地看着我，破口大骂道："你这人有毛病啊，有你这么恩将仇报的吗，你难道就以这种方式感谢我吗？"

　　我冷冷一笑。

　　我说："要不然呢，陆荷白，你想我怎么谢你啊？"

　　他的表情僵在脸上，许久才自认倒霉地摇了摇头，沿着车水马龙的街道走了。

　　其实我本想告诉他，刚才那个被他踹了一脚的中年男人是我爸爸，可是又觉得跟这种仅有一面之缘的男生解释，根本就没必要。

二、做我男朋友怎么样

　　再次见到陆荷白是在S大的林间小路上，当时我正抱着一沓考研资料急匆匆地杀向自习室。我很后悔当初听了莫如晦的话，报考了同城的S大，早知道他是这样的人，我才不会留在他身边。所以我拼命考研，盘算着离开这座城市永远不再回到他身边。

我觉得，跟这种能在女儿生日当天出去陪别的女人的人生活在一起，是我的耻辱。

我这样想着想着就哭了，而且是那种旁若无人的放声大哭。

我这人从一生下来就不会压抑自己的感情，妈妈曾告诉我说我出生的那天，医院里数我的哭声最大，仿佛全世界都欠了我几百万块钱似的。妈妈是这个世界上最疼爱我的人，但我却在大一那年永远地失去了她。

其实她和莫如晦两个人的感情早就名存实亡了，只是怕影响我的学业一直瞒着我罢了，他们早在三年前就已经领了离婚证。

我记得妈妈离开我的那一天对我说的最后一句话就是："小川，妈妈要走了，你得留在你爸爸身边，因为你的身体里面流的是他的血。"

其实当时我想问问她，我身体里面还流着你的血呢，你为什么不能带我一起走？

但是我没有，我只是抱着她的肩膀拼命地哭，拼命地哭，我记得小时候我看上了什么玩具或者漂亮的衣服就会在她怀里号啕大哭，我那样一哭她就会忍不住买给我。可是那一次，她最终还是没有留下来。

后来，我问莫如晦说："你为什么跟我妈离婚，她不好吗？"

他坐在沙发上不停地抽着烟，最后说了句："小川，都是我不好。"

后来，莫如晦以房子做抵押，开了一家电器公司，有了自己的事业后，就变坏了，隔三岔五地出现在酒吧里。他总是说自己是为了谈生意，但我不信，我觉得他自从跟妈妈离婚那天就变坏了，所以我才会把自己打扮成连我妈都认不出来的样子，每天到酒吧里面去堵他。

我一边哭，一边走，走着走着就扎进陆荷白的怀里了。

他先是微微一愣，旋即从口袋里掏出一包纸巾递到我的手上说："同学，咱们俩是不是在什么地方见过？"

我摇头说没有，我才不想让人知道学校里面年年得奖学金的陆小川，曾经夜不归宿地泡在酒吧里。

他尴尬地笑了笑："我叫陆荷白，看见你哭了一路了。"

我把用完的纸巾塞到他的掌心里，让他顺便帮我扔进垃圾筒里。

他淡淡一笑，与我擦身而过的瞬间，突然说："我真的与你有种似曾相识的感觉，也许我上辈子过奈何桥的时候打翻了孟婆汤吧。"

我转过身来对他笑着说："陆荷白，我喜欢你这种不要脸的男生，做我男朋友怎么样？"

我知道莫如晦最不能接受的就是我在上学期间谈恋爱，中学那会儿，一个小男生喜欢我，偷偷折了一千只千纸鹤塞进了我的书包里，后来被他发现，直接从五楼扔了出去。玻璃瓶被阳台碰碎，洋洋洒洒的纸鹤飞舞得好漂亮，好伤心。

我想，如今我跟陆荷白出双入对，而且这个男孩还在他的肚子上踹过一脚，那他岂不是会很上火，很伤心？

三、他的长相与性格有南地北的反差

我跟陆荷白在一起，不光是因为想要报复某个人。

阿罗将这个事实拆穿的时候我还不承认，她反驳我说："好呀，

莫小川，如果不是那样的话，你为什么不找猩猩六啊？"

猩猩六是我们班的一个男生，长得五大三粗的，说话却爱娘娘腔，曾经千方百计地追过我，可是我接受不了他的长相与性格那天南地北的反差。

阿罗说："算了吧，莫小川，你和陆荷白在一起说到底还是因为人家长得帅。"

我一边跟阿罗打哈哈，一边给陆荷白发短信：陆荷白，你打扮得另类点儿，今天我要带你去见我爸爸，他喜欢另类的小男孩。

陆荷白的短信半天才回过来：小川，咱俩这也有点儿太快了吧？

"你到底去不去，你不去我找猩猩六。"

我这么一说陆荷白就急了，骑着他那辆小踏板车，十分钟之内就赶到了我们宿舍楼下。

他穿着白衬衣，牛仔裤，帆布鞋，怎么看怎么不另类，于是我只能从随身携带的包里抽出一根眉笔，帮他画了两条黑黑的眼线，我说那样眼睛看起来能够大一点儿。

我本来还想给他贴两条假睫毛的，他死活没同意，他说："莫小川，我怎么觉得你这么做压根就不是想让你爸爸接受我呢？我觉得你这是在逼他棒打鸳鸯。"

"放心吧，陆荷白，老爷子今天在家休息看足球呢，心情好得很，不会对你动棍棒的。"

我说的没错，那一天，莫如晦果然没有动棍棒，而是直接动了桌子上的水果刀。

当时，他正坐在沙发上看电视，国足同胞们一如既往地让人失望，莫如晦本来就有气，肯定想在什么人的肚子上踹一脚。在这种情况下,我用钥匙开了门,把陆荷白放进了屋子。

陆荷白本想恭恭敬敬地对他作个揖呢,结果我却瞅准了时机在他的脸上亲了一下,然后腻腻歪歪地喊了他一句"亲爱的"。

莫如晦定睛看了他一眼,随后就挥舞着水果刀把我们两个人赶出来了。小区里面,陆荷白蹲在草坪里,借用浇花用的自来水管一遍遍地冲洗着自己的黑眼线,忧心忡忡地埋怨我说:"莫小川,我想我们之间彻底完了,你爸爸肯定不会接受我的。"

他的黑发打了绺,凛冽的阳光之下,水滴如断了线的珠子成串落下,打在他嘴角好看的弧度上。

有那么一刻,我的神情突然恍惚。

我想,陆荷白肯定已经想到了酒吧里面发生的事情,所以才说出了那样的丧气话。

于是我走上前去,蹲在他的面前,双手托着下巴,笑笑地安慰他说:"放心吧,陆荷白,那个要和你白头偕老的人终究是我,而不是我爸爸,他拿我们俩没办法!"

四、他们怎么散客,专门忽悠我这种没文化的人

遇见陆荷白之前,我只为一个人伤心过,那就是我妈妈。

她整整离开了三年,我们之间再无联系,她甚至没给我打过一个电话,但我还是能够清晰地记得她的面容。

我经常能够梦见她,梦里的女人一如从前般美丽,喜欢穿一条长长的素布裙子,坐在沙发上一丝不苟地削苹果,姿态非常优雅。在梦里她告诉我说她是想我的,可是再也不能跟我联系,她说自从她跟莫

如晦离了婚,我就不再属于她。

她说,小川,你不要怪妈妈。

我几次三番在梦中大叫,然后大汗淋漓地醒来,后来莫如晦就让我睡觉以前把房门开一条缝,那样他就可以在我做噩梦的时候及时赶到我房间里安慰我。

我做的每一个梦都是异常温暖的,却会在这样幸福的梦境里泪流满面,我连做梦的时候都无比清楚地知道那是假的,多悲哀。

自从莫如晦当了老板,配了两部手机之后,就很少再有人往我们家里打电话,但是那部的电话机还是摆在相同的地方。

莫如晦知道我在等着妈妈的电话,所以一直没有撤掉,这是我们两个人之间唯一的秘密,亦是我们不愿意轻易碰触的伤疤。

周末,我对脸上阴云密布的莫如晦说:"莫如晦,你想跟那个女人结婚就结婚吧,这是你的自由,我管不着,就像我跟陆荷白来往你也管不着一样。"

听完我的话,他的脸色更难看了,系着一条大围裙,手中的菜刀举在半空中许久都没有放下来。我看见他的喉结动了动,最后把一盘切好的西瓜放到我面前的桌子上,解下围裙去了洗手间。

虽然他把洗手间的门关得很严,还故意打开了水龙头,但是我的双耳还是在"哗啦啦"的水声之中捕捉到了他的哭声。

那一刻,我的心中居然有种畅快的感觉,我觉得我挺邪恶的。

我给莫如晦留了字条:莫如晦,我去找陆荷白了,今晚可能不回家,勿念。

一个人出门,走过人潮汹涌的大街,走过两旁开满栀子花的幽静小巷,我突然不知道自己该去哪里,之所以编了一个理由从家里溜出来，是因为我不想听见莫如晦那低沉而压抑的哭声。

这种情况下，我只能给陆荷白打电话，男朋友就是在这种无家可归，无处可去，孤苦无依的时候让你得到安全感的。

可是那一天陆荷白却一点儿安全感都没给我，我打了整整五个电话，都没人接听。

后来，他在红糖果酒吧门外找到我的时候曾对我说，我给他打电话的时候他恰巧出去打篮球了，手机放在了宿舍里。

但是我哭得梨花带雨地告诫他说："陆荷白，你知道有女朋友跟没女朋友最大的区别是什么吗？那就是你有了女朋友之后得时时刻刻把手机带在身边！"

我说："你再晚来一步，我真就可能自身难保了。"

那次，我之所以哭得那么伤心，是因为酒吧里的小老板吓唬我，他说我要是没钱付酒钱就把我哄到二楼当点歌小妹。

我没钱交酒钱，其实不能全怪我，以前虽然我常来这家酒吧，但大都是喝饮料，但那一天，我忽然心血来潮想喝点儿不一样的，于是我瞄上了五彩斑斓的鸡尾酒。

之前那服务员还好心地提醒我说三十八块钱一盎司，我心说一盎司不就一杯吗，就对他说先来两杯喝喝看，结果我没想到他们在鸡尾酒里加了太多柠檬汁，我一连喝了三杯还没打住。

最后跑到收银台付账的时候，那小姐告诉我酒费是一千多块钱的时候我就傻眼了，我身上根本就没带那么多钱。

我说："你们不是三十八块钱一杯吗？我才喝了三杯。"

后来我才知道，原来盎司比杯小得多。

我一看跑不了了，就跟他们撒泼、耍赖，说他们店大欺客，专门忽悠我这种没文化的女孩。

我正跟他们吵吵呢，陆荷白的电话就打过来了。

我说："陆荷白，你跑哪去了，你快过来救我呀！"

我把事情一五一十地告诉他，他说他马上就赶到，让我把电话交给酒吧的小经理。

然而等那小经理跟陆荷白通完话之后，却乖乖地把我放了，还一个劲儿地跟我赔不是，他说："不好意思，不好意思，我不知道你跟陆荷白是朋友。"

直到那时我才知道陆荷白的爸爸就是红糖果的大老板，怪不得那天他敢踹莫如晦的肚子呢，原来他后面有人啊。

三、蛋糕没吃，蜡烛没点，没许愿

阿罗说，这世界上最大的悲哀就是你喜欢上了一个你本来以为自己死活也不会喜欢上的人，她说："陆小川，你别笑，你就是这号人。"

我说："阿罗，你胡说，我才不喜欢陆荷白呢，我只是喜欢他那辆屁股冒白烟，必须得踹两脚才能发动起来的小踏板车而已；我只是喜欢跟他在一起去酒吧的时候，全酒吧所有的服务员都对我肃然起敬，跟黑社会似的感觉而已；我只是非常享受被你们这种吃不到葡萄就说葡萄酸的女生嫉妒而已……"

其实，我从来都没想过自己会不会喜欢上他。

就算我从一开始就把他当成了一个报复莫如晦的工具，但谁说主人不能对一种工具情有独钟？在此之前我就曾喜欢过一把木头柄的挖耳勺；喜欢过光头一休的手机挂件；喜欢过一只夹层里面藏着妈妈照片的牛皮钱夹。

我之所以如此珍视妈妈留给我的那张照片，是因为我觉得她永远也不会回到我身边了，我绝望地知道，莫如晦伤她太深，她甚至宁愿放弃曾经那么疼爱的我，也不要再与他有任何瓜葛。

然而，很久很久以后，我才发现我错了。

这个我坚信了很多年的观点在现实面前轰然倒塌，将所有一切击得粉碎时，我才突然发现莫如晦老了。

那一天，我跟失去妈妈时一样抱着莫如晦的肩膀大声哭泣，他却只是笑笑地用他那只大手抚摩着我染成酒红色的头发，他说："小川，难道以前爸爸没告诉过你，你哭的时候样子最丑吗？"

那时候，他去红糖果挨了打，被人打断了三根肋骨。

当时，陆荷白正在学校里为我过生日，他买了一个巨大的蛋糕，放在我们宿舍楼下，然后给我发短信说：莫小川，你下楼来吧，我有惊喜送给你。

其实他发短信之前，我一直都在拿着手机等爸爸的电话，结果眼看就要到十二点了，却等来了莫小川的短信。

我发誓，如果他接连三次忘记了自己的女儿，我这辈子再也不会原谅他。

半个小时前，宿舍就已经锁了门，而且已经熄灯，要见陆荷白，我只能从二楼卫生间的窗户上跳下去，好在我以前练过，不在话下。

我脚尖着地，像一片树叶似的飘到陆荷白的怀中，他异常紧张地看着我。

我笑："说吧，怎么突然想到要给我惊喜啊？"

他说:"你忘了吗?今天是你生日啊,上次我在你的学生证上看到的。"

其实那时我本想告诉他今天不光是我生日,还是我们相识一周年纪念日呢,可是我没敢说,我怕说出来吓着他,他要知道我就是一年前酒吧里的那个"妖女",曾亲眼看到他在我家老头的肚子上踹过一脚,他肯定特无地自容。

我说:"陆荷白,快把惊喜拿出来吧。"

我一问,他才想到了什么似的,拉着我的手蹑手蹑脚地走到了宿舍楼前的小路上,然后神经兮兮地问我:"莫小川,我能让整座楼所有的灯光都为你亮起,楼前所有的摩托车都为你鸣笛,你信吗?"

我白他一眼:"吹吧你。"

看我不信,他大步流星地走到距离我几十步远的地方,从怀里掏出一个东西来放在地上,点燃。

"砰……乓"!

两声巨响过后,宿舍楼走廊里的声控灯应声而亮,楼前车棚里停着许多摩托车,此时车上安装的警报器也都响了起来。

温暖的灯光打在我的脸上,尖厉的警报声充斥着我的耳朵,我身边不远处的草坪上安静地躺着一盒大蛋糕,蛋糕的一旁停着他那辆乳白色的小踏板车。

我先是惊喜,后来才发现大事不妙。

因为二踢脚发出的巨大响声,以及摩托车的警报声,几乎吵醒了全楼上的人,此时她们已经纷纷从窗户里面探出脑袋,对着楼下骂骂咧咧。

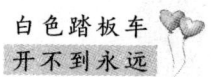

我心想，这下糟了，正打算拎起蛋糕和陆荷白一起坐着那辆小踏板车夺路而逃呢，楼上突然传来了阿罗那熟悉的声音。

她说："莫小川，你男朋友够浪漫的嘿！"

她的声音那么大，我确信全楼的女生都已经听见，这下好了，我跟陆荷白浪漫了一次，成了全民公敌。

短短几秒钟的沉默之后，被惊醒的女生们开始发飙，先是有人往我脚下扔了一个易拉罐，接着臭袜子、酸奶盒，咬了一口的烂苹果接踵而来。

陆荷白发动车子，载着我疯狂逃窜，蛋糕没吃一口，蜡烛没点，没许愿。

"嘟嘟嘟。"

机车轰鸣声划破夜的寂静，我将脸埋在他的背上，眼泪一滴滴落进他的衣服里，凉了他的肌肤。

他还以为自己做错了事，一个劲儿地请求我的原谅，他说："对不起，莫小川，我没想到事情会变成现在这样子，我明天就写一个告示牌，坐在你们楼下跟每个女生解释好不好？"

亲爱的陆荷白，你又怎么会知道，我哭，并不是因为埋怨你。我哭，是因为这么多年来，终于再次有人为了给我过次生日而费尽心思。

陆荷白，我突然有些后悔当初让你打扮得人不人、鬼不鬼地去见莫如晦了，以后他要是看你不顺眼怎么办呀？毕竟这个世界上我就只有他一个爸爸了。

差两分钟到十二点，陆荷白依旧骑着小踏板车载着我沿着大马路漫无目的地游荡，我们最终又能走多远？

差一分钟到十二点，手机在口袋里铃声大作，我手忙脚乱地把它掏出来,屏幕上果然出现了爸爸的名字。

他,终于记起了我的生日。

我怕自己接电话的时候声音会激动,还故意咳嗽了两声,才按下了接听键。

然而听筒里面却传来了一个陌生女人的声音,她说:"请问你是丫丫吗?"

我愣了一下,丫丫是我的小名,莫如晦还没跟妈妈离婚的时候,他们喜欢那样叫我。后来莫如晦叫我丫丫的时候我跟他发了一通火,说那名字只有我妈才能叫,他就再也没有那样称呼过我。

没想到他却将这个名字存了自己的手机上,也许他又喝醉了酒,不小心把手机丢了,遇到了好心人,才按照电话本里的联系方式打给了我。

我说:"我是。"

在得到确切的答复之后,她的声音变得兴奋起来:"太好了,你赶紧来三院一趟,你爸爸被人打了,肋骨断了,需要马上手术。"

我愣住,然后拼命地拍着陆荷白的脑袋,大声指挥他说:"快!去三院!去三院!要出人命了!"

直到那时候,我才发现,原来那个我本以为恨之入骨的莫如晦,还是能那么轻而易举地给我带来窒息般的慌张。

六、莫如晦,以后请叫我莫丫丫

爸爸醒来的时候已经是第二天早上了,他第一眼看见了我,第二眼便看见了陆荷白。

他看我的时候有气无力的，看见陆荷白后却立马变了一个人似的，虽然被包得像个粽子，还是跟打了鸡血似的要跳下床来跟陆荷白拼命，怒吼着："你给我滚！"

　　我心想这老头肯定还记陆荷白的仇呢，他现在是病人，我们不跟他一般见识，于是我便跟陆荷白使了一个眼色，让他先回去了。

　　后来我打算跟这倔老头好好解释解释让他接受陆荷白，他却软硬不吃。

　　于是我就恼了，我说："莫如晦，你别这么没良心好不好，昨天的手术费还是陆荷白帮你交的呢，他不就踹过你一脚吗，那不也是因为想英雄救美吗？再说了，陆荷白长得也不赖，到哪也不给你丢脸吧。最重要的是他疼我、在乎我。要论家庭条件，他爸爸是红糖果的大老板，哪点儿配不上你这个卖电器的？"

　　我不说还好，这么一说莫如晦更来劲了，他说："就是因为他是陆白羽的儿子，你才不能跟他有来往！"

　　他说出这句话，仿佛用尽了全身所有的力气，然后便躺回了床上看着天花板发呆，两行泪沿着他斑白的鬓角滑落。

　　他说："小川，你知不知道啊，你妈后来嫁的那个男人就是陆白羽。"

　　他说当初妈妈之所以离开他，就是因为觉得他没本事，像她那种漂亮的女人，生来就是吃不得苦的，应该吃最好的食物，穿最美的衣服。后来她终于下定决心去追求自己的幸福，她埋怨莫如晦太窝囊、太无能。所以在她走后，莫如晦才像变了一个人似的抵押了房子，做起了自己的事业，他不想被她看扁。

　　他一直期待着有一天，她能再次回到他身边。

　　可是后来，他有了钱，有了地位，妈妈却始终没有回来，也再没

出现在我们的生活中,甚至没有在女儿生日的时候打过一个电话。"

他说:"小川,你还记得你妈妈走后我为你过生日的事情吗?那一次,你把自己锁在房间里面哭了很久,你一直在等妈妈的电话,你说以前过生日的时候都是我们三个人一起过的。后来,我就再也不敢为你过生日了。"

他说:"直到一年前一个偶然的机会,我在红糖果酒吧里面再次遇见了她,才得知其实她一直都在S城,还嫁给了事业有成的陆白羽。陆白羽对她很好,唯一的条件就是让她跟以前的生活彻底告别,她答应了他,所以才从来没往家里打过一个电话。"

他说:"小川,一年前你在酒吧里面遇到我的那天,其实我是在等你妈妈,想让她在那天能够发发慈悲给你打个电话。而那个让你误会的女人,当时她只是问我借个火而已。"

他说:"后来,你妈妈像是人间蒸发了一样,再也没有去过红糖果。昨天晚上,我抱着最后的希望去了酒吧,希望能遇到她,然后两个人一起为你过一次生日,可是依旧没有遇到她。我记得我喝了很多酒,在酒吧里面大叫她的名字,最后被酒吧里的保安轰了出来。后来刚拐过一个路口,就有一群人冲了上来……"

说到此,他看着我说:"小川,既然陆白羽那么在意你妈妈跟我们联系,甚至连一个电话都不让打,你觉得你跟陆荷白之间会有结果吗?他会答应吗?"

医院里很安静,安静得仿佛全世界的希望都已死去。

我抱着爸爸的肩膀,第一次压低声音哭泣,我看见自己的眼泪落入了他花白的头发中,我看见了他额角越来越明显的皱纹。

我说:"莫如晦,你为什么瞒我这么久?"

他淡淡一笑:"小川,爸爸知道在你心目中她一直都是最疼爱你的那个人,我之所以不把实话告诉你,是想让你留个念想。"

病房的窗户外面,有成片的蔷薇花在阳光之中争相开放。

我擦一下眼泪,笑着看着他说:"莫如晦,以后请叫我莫丫丫。"

七、我所能给你的只是我爱你

我去烟城读研究生是在九月。

我笑着对陆荷白说再见。

他说我们当然会再见面。

我跟他解释说,我说的那种再见是再也不见,就是从此以后你会有新的女朋友,我也会有新的男朋友,我们两个人的生活再无交集,就算海枯石烂也不会走上同一块红地毯的那种再见。

陆荷白愣愣地看着我,也许他压根就没想到我是这么反复无常的一个人。

他问我说:"你没跟我开玩笑吧?"

我很认真地对他点头。

我说:"陆荷白,火车就要开了,我现在是研究生了,是硕士欸,我们不再是同一个阶级了。"

他看着我,表情很无奈,我知道他是在故意掩饰自己的伤心。

我知道,这个世界上最恶心的事情莫过于"我本将心向明月,奈何明月照沟渠"。

火车开动,月台上陆荷白的背影越来越远,我终于忍不住趴在车

窗上默默哭泣。

知道吗陆荷白，认识你最大的收获就是我终于懂得应该怎样为一个人默默哭泣。

亲爱的陆荷白，如果我曾有一段暗无天日的时光，如果你注定是那段时光里一道最亮眼的阳光，我所能为你做的，唯有泪流。

亲爱的陆荷白，你知道这个世界上最伤心的事情是什么吗？

这个世界上，最伤心的事情就是，我所能给你的只是我爱你。

关于城堡的十七个夏天

过期居留 你在我的心里

有多少个夜里,我梦见那样的场景:高耸入云的山城,彩色的街道,以及眼神中略带忧郁的白衣少年。抬头看去,他身后的天空,是初秋般的高远。我习惯把自己想成这个青春童话里的主角,可是梦醒之后才发现,我的戏份不过只是刻骨铭心的一转眼……

一 青田镇的小小渔夫

端木直喜欢杜薇薇,在那个年代,是整个青田镇众所周知的事情,虽然对于这一点杜薇薇向来都不承认,但每次谈起端木直,她嘴角微微泛起的笑意都出卖了她的心。

在我的印象中,青田是一个风景绝美的小镇。镇子上的建筑全都是低矮的两层小楼,砖木结构,简单干净,与钢筋水泥的城市相比,少了一丝僵硬,多了些许柔软。

镇子的最南端,有一座凤凰山,镇子上的白胡子老头跟我们说,早年,曾经有一只七彩凤凰落在山上,生了一颗蛋,孵出了当地的第一个人。所以,青田镇上的人,都是凤凰的子民。

凤凰中学,开山而建,坐落在凤凰山的半山腰,五座教学楼依次排列而上,位于最高处的高三教学楼几乎已经达到了山顶。由于校长是归国华侨,固执地热爱西方文化,所以学校内的所有建筑都是哥特式建筑。

从镇子上远远地望上去,特别是在夏日雨后,城堡一样的教学楼周围,有浅浅的云雾缭绕,宛如仙境。

站在教学楼上向下俯瞰,镇子上数十条青石小巷宽窄不一,两旁开满各种颜色的细小花朵,空气中弥漫着凉凉的香甜的味道,使人不自觉地就想到"美好"这个词。

此时若有一位白衣少年，穿一条肥大的黑色橡胶渔裤，骑着一辆黄白相间的摩托车，沿着一条青石巷子走走停停。他的摩托车上插了两面红色的醒目旗子，挂在车把上的电喇叭不停地播放着："鲜鱼啦，鲜鱼！"

那便就是端木直了。

青田镇的小小渔夫，有着温暖笑容和洁白牙齿的美丽少年。

二 我们之间唯一的秘密

青田镇只有两个人姓端木，一个是端木直，一个是凤凰中学的校长兼投资人端木青书。

而端木直告诉我和杜薇薇，他跟端木青书一点儿关系都没有。

他说这话的时候我们一起坐在高三教学楼的楼顶，将双腿伸出白色的栏杆，耷拉在墙壁外侧。脚下就是深不见底的悬崖，以及宁静的青田镇。虽然学校有规定，低年级的学生不许来这里，更不能爬上楼顶，可是我们总能找到方法骗过楼管员，来这里看风景。

他的眼睛直直地看向远方，发出微微的叹息声。

他背过脸去对坐在另一边的杜薇薇说："薇薇，等有一天我们都长大了，能够自己照顾自己的时候，你愿不愿意跟我离开这里？离开青田？"

这个问题他一共问过三次，杜薇薇每次都默不作声。

我想，如果端木直问的那个人是我的话，我肯定会义无反顾地答应他，虽然我深深地爱着风景如画的青田镇，爱着身后这座城堡一样

的中学，可是这一切加起来，在端木直面前都不值一提。

杜薇薇穿着一件白色的公主泡泡裙，鞋子是在镇子上最著名的李姓鞋匠那里专门定做的，小羊皮面料，细细的带子在莲藕一样挺拔白皙的小腿上轻轻缠绕，柔软又高贵。

我低头看看自己破了洞的牛仔裤和帆布鞋，心中突然有种惆怅的感觉。自己与她比起来毫无优势，更何况端木直仿佛从一开始就没有把我当成一个女孩来看待。

我陪他一起下河摸鱼，上房揭瓦，亲密到再也没有成为他女朋友的可能。

周末，我坐在端木直的摩托车后座，跟他一起沿街兜售池塘里捉来的鲤鱼。记得七年前，端木直的妈妈在守了十几年寡之后终于狠下心来离他而去，老镇长看他可怜，从别处买来几万条鱼苗丢进了镇子北面的池塘里，对他说："阿直啊，这些鱼以后就是你的了，用它卖钱养活自己吧。"

他说："阿伯相信你是个男子汉！"

硕大的鲤鱼黏滑无比，我用两只手牢牢攥紧，想要把左右摇摆着的它放进客人的菜篮里。

端木直一边收钱，一边看着我笑。

他说："小艾，你真笨！"

然后他熟练地把鱼拿过去，用一根小木棍在它的脑袋上轻轻敲一下使它晕厥，然后转身折一条细细的蔷薇枝条，摘净了叶子，穿过鲤鱼的嘴巴串起来交到客人的手中。

他仰起头来擦汗的时候，长长的睫毛在他的脸上投下了浅浅阴影，好看得让人窒息。

很多个日子，我觉得这就是人生中最幸福的事情了。

没有杜薇薇，没有除此以外的任何人，只有端木直和我。我们在这样一个其实并不算炎热的夏季里，互相帮衬着卖一筐不太听话的鱼，仿佛一对小小的夫妻相濡以沫地过日子。

多好。

我想，杜薇薇之所以不愿意跟我们一起叫卖，有很大一部分原因是怕弄脏了她的漂亮衣裳吧。

我这样想着的时候，端木青书就来了。

他穿意大利品牌的昂贵西装，皮鞋总是擦得一尘不染。他站在端木直的对面，笑眯眯地看着这个只顾低头打点生意的男孩。他说："端木直，晚上到学校来一起吃饭吧，我那里有从法国带回来的红酒，我们可以一起喝几杯！"

端木直仿佛没有听见他的话，拿着一条鱼从他身边经过，故意将鱼身上腥臭的黏液蹭了他一身，不仅如此，端木直甚至用肩膀将他撞了一个趔趄。

可是端木青书却一点儿生气的意思也没有，他自顾自地摇头笑了笑，然后独自沿着逶迤的盘山路蜿蜒而上，走向学校的方向。

端木直发动摩托车，示意我赶紧跳上来。

风从开满花朵的小巷尽头扑面而来，将他的白色衬衣吹鼓，发出好听的"呜呜"声。

我紧紧地抱住他的腰，眯着眼睛大声问他说："端木直，你是不是喜欢杜薇薇？"

他大声地回答我说："是。"

然后我就哭了，眼泪悄悄地落下来，还得装作不在意，用一种愉

悦的口气对他说:"你就不怕我告诉端木校长吗?"

他刻意加大了油门,"唰"地一下,车子颠簸着冲出去好远。

他说:"谁怕谁啊,莫小艾,就算我怕,你也不会将这件事情告诉他的不是吗?"

他还说:"从小到大,我们都是最好的朋友,我们之间从来不需要有秘密不是吗?"

是的,端木直,我们之间从来就没有过任何秘密,唯一我拼命宣扬你却看不出来的秘密就是——我喜欢你!

三、万水千山爱着你

端木直和杜薇薇两个人第一次亲密接触,是在9月27日早上7点39分,我把这个时刻写在日记本里,括号里注明:世界末日一样的日子。

杜薇薇站在蔷薇花丛的巨大阴影里,踮起脚尖来在端木直的额头上吻了一下。

他们以为这样别人就不会看到。

可是他们忘记了那个每当他们单独约会的时候,总会"恰巧"经过的我。

看着眼前的情形,我脑袋一大,眼眶一热,差点儿没哭出来。

站在端木直对面的杜薇薇看见我,微微一愣,然后捡起地上的书包,飞快地消失在了巷子的尽头。而端木直在整个过程中一直站在原地,木头般一动不动。

他还在陶醉呢吧?我想。

我蹑手蹑脚地走过去,猛地拍一下他的肩膀,见他没反应,于是横到他的面前。

这时候，我却发现他哭了。

豆大的泪珠一颗一颗落在他白衬衣第二枚与第三枚口子的中间位置，"啪嗒"，是心碎的声音。

他说："莫小艾，杜薇薇说端木青书将我们俩的事情告诉了她爸爸，从此以后她再也不会跟我在一起了。"

那一天，他用圆珠笔在狭窄的蔷薇叶片上一遍一遍地写杜薇薇的名字。

蓝色的笔油在碰触到叶面那一刻变成了浓重的黑色，氧化之后，笔迹的边缘又变成了浅浅的黄色。

我说："嗨，端木直，这有什么大不了的，一切都会好起来的，不是吗？"

他根本就听不进我的劝诫。

他说："莫小艾，你知不知道，妈妈离开以后，整个青田镇上，也就还只有杜薇薇能让我感觉到美好，感觉到自己并不那么孤独。"

那一天，我把自己捂在被子里面，咬着牙告诉自己，其实就算得不到他的在意也没关系。

亲爱的端木直，十七岁这年的夏末，我为什么突然觉得自己就算拼尽了全力接近，你我之间却还是隔着万水千山的距离呢？

四、冷暖知不知

端木直拉着满筐鲤鱼在杜薇薇家的门前大声叫卖。

有时候，腆着啤酒肚的杜爸爸会拿一只秃了头的扫把恶狠狠地追

出来。每当这个时候，端木直就会及时发动车子，小摩托车冒出一阵青烟，颠簸着消失在巷子里。我坐在后座上，转身对杜爸爸吐舌头做鬼脸。

我看见杜薇薇站在二楼的窗口，向着我们深情地凝望，于是双手在嘴边摆成喇叭形状对她大声喊。

我说："杜薇薇，端木直喜欢你，端木直不想失去你！"

每说一个字我的心就会剧烈地疼一下，直到无法呼吸。

端木直甚至把我的这句话录进了他用来叫卖的电喇叭里，大街小巷不停地放，他说他就是想让端木青书看到自己是不会妥协的，他就是要把他气死。

他的这种做法没有气到端木青书，倒是把我妈妈气了个半死。

她看着我哭笑不得地说："莫小艾，你傻啊，跟着那个孩子瞎咋呼什么，你怎么一点儿都不随我呢你！"

是的，我傻了。

我傻就傻在明明知道自己是在犯傻，还心甘情愿地为了他去犯傻。

这话说起来那么拗口，恰似我心纠结。

对于我们这种地痞流氓似的做法，温文尔雅的杜薇薇第一次做出反应是在两个星期以后，她躲在蔷薇花丛后面，猛地跳出来，堵住我放学回家的路。

她说："莫小艾，你这人怎么这么讨厌啊，既然喜欢端木直就勇敢说出来啊，干吗千方百计跟我过不去，我和他之间没有可能了。"

她说："我最看不起你这种连冷暖都不自知的女生。"

就在同一天，端木青书打了端木直。端木直是个那么爱面子的人，这让他以后怎么在街坊四邻面前混啊。

于是，第二天一进学校，我就风风火火地闯进端木青书的办公室，我本想揪着他的领子大声叫嚣着让他当众给端木直道歉的。可是，偌大一个办公室里空无一人。虽然没人，我也不能善罢甘休，心里盘算着砸烂点儿什么家什也不枉此行。

然而，当我随手举起他倒扣在桌子上的一个做工精致的相框想要重重地摔在地上时，我就傻了。相片中的女人我见过，确切地说是在端木直家的相册里看见过。

而端木直管那个女人叫"妈妈"。

相框上挂着一枚碧绿的翡翠挂件，雕成一只金蝉的模样，此时正左右摇晃，仿佛我摇摆不定的心情。

"端木青书，端木直"。

脑袋里有短暂的晕厥感，等想明白一切之后，我把相框轻轻地放回原处，然后快速地冲出了办公室。刚出门，整个人就重重地撞进端木青书的怀里。

我本想替端木直报仇来着，可是我没有，人家父亲教训儿子是天经地义的事情，似乎跟我这个外人毫不相干。

三、青田镇旧秘密

我将这些事情告诉了妈妈。

她哭笑不得地看着我反问："要不你以为端木青书为什么无偿在青田投资建学校啊？他是觉得亏欠青田百姓，如果没有青田镇上的人帮助，端木直那小子早就饿死了吧。"

从她七零八碎、毫无章序的叙述中，我渐渐明白——

当年,端木青书还是一位四处游荡写生、不入流的画家,某一年,他来到了青田,第一眼就爱上了这个风景如画的小镇,并且在与当地人的日常交往中渐渐爱上了当地的一位姑娘。

但是好景不长,远在南方的端木家族逐渐败落,于是准备举家迁往欧洲,打算在那里东山再起。作为家中唯一的儿子,端木青书自然要跟随父母一起远渡重洋。

临走的时候他跟那位姑娘说最多三年就会回来,可是这一走就是十七年。

可怜的是,那时候女人已经有了身孕。为此,女人的家里一怒之下跟她断绝了关系。

说到这妈妈突然神秘地问道:"你知道那女人的哥哥是谁吗?"

"谁?"

"杜良秋,也就是杜薇薇的爸爸。"

她说:"这件事情你千万不要乱说,杜家一直把这当成忌讳,一旦传播开,恐怕连端木直都会被赶出青田镇的。"

那一刻,我忽而愣住。

怪不得每次杜爸爸看到端木直眼睛里就会喷出火来,怪不得他那么极力反对女儿与端木直交往,原来还有这么一层关系。

六、与你共看花落去

十月大风,漫山的枫叶仿佛一夜之间变成了红色。白色石块建成的凤凰中学,如一只火中涅槃的白色凤凰,高傲地俯视着脚下的青田镇。

爱而不得的端木直开始变得歇斯底里,他经常会在放学的路上堵住四处躲闪的杜薇薇，然后发疯似的大喊着问她是怕了吗。到后来，他把所有的仇恨都转移到了端木青书身上，用钢钉扎坏了他的汽车车胎，偷偷潜入他的宿舍，往他的床上泼洗完鱼后剩下的脏水。

几次三番，我便恼了，使尽全身的力气将他推到墙边，大声地告诉他说："端木直，求求你别傻了，你难道不知道端木校长是你爸爸吗？还有杜薇薇，她是你妹妹，而杜伯伯是你亲舅舅！"

也许是背后的蔷薇刺扎到了他的肌肤，端木直的脸上浮现出疼痛的表情。

他大叫着说："莫小艾，你胡说！我知道端木青书是我爸爸，可是杜薇薇绝对不会是我妹妹！"

他开始癫狂，浑身战栗着想要从我的眼前逃离。

那一刻，我耗尽了一生的勇气，紧紧搂住他的肩膀："是真的！端木直，这一切都是真的，是妈妈亲口告诉我的。"

他在我的怀里哭，眼泪一滴一滴落在我的肩膀上。

透过他肩膀与下巴的夹角，我看见青田镇的天空突然阴了，远处城堡一样的凤凰中学也渐渐变成了苍黑色。

他说："莫小艾，你为什么把这些告诉我？这样一来我就真的什么都没有了，连希望都没有了！"

他的身体微微颤抖，我说："端木直，还有我，不是还有我吗？"

就算你被整个青田镇抛弃，还有我，愿意一如既往地站在你的身边，伴你一年又一年。

大雨不期而至，豆大的白色雨点如飞蝗一般密集地击打在身后的蔷薇花上面，红白两色的花瓣纷纷坠落，落在地面上，又随着汇聚的

雨水漂流远去。端木直的黑色头发打了绺，雨水滴滴答答，像是在替什么人哭泣。

然后他轻轻地把我推开，看着我努力挤出一个笑容，声音中有纠结和叹息。

他说："莫小艾，我为什么突然有点儿想妈妈了……"

记得以前，端木直都是用"那个女人"来称呼自己母亲的，在他的印象中"那个女人"既然狠心地抛弃了孩子，就不配再做他妈妈。

他说："她肯定是受尽了屈辱，历尽了苦难，却还是摆脱不了众叛亲离的局面，终于绝望地离开。"

空荡荡的街道尽头，漫天的大雨，我们两个人如同找不到家的小小孩童，手挽着手站在一起，看一场朵朵凋落的花期。

隔着大雨，我学着杜薇薇的样子，踮起脚尖，缓缓地在他湿漉漉的额头吻下去。

我说："端木直，你应该学着去原谅，学着去接受。"

他笑，说："小艾，那个懂得原谅的端木直，早在小时候一次次被别人骂作没爸爸的野孩子的时候，早在被别人当作乞丐一样施舍的时候，早在每天坐在镇子口等妈妈回家，却每每都失望而归的时候就已经死了。"

我说："我喜欢你，端木直。"

他说："谢谢。"

如此生疏的两个字，阻断了所有继续下去的可能，那一刻，仿佛有人把我的心从胸膛里面抠出来，拿到凤凰山上最高的楼顶，松开了掌心。

我努力忍住即将夺眶而出的眼泪，上前一步勾住他凉凉的手指，然后对他说:"端木直,我们回家吧。"

第三个十字路口,我向东,他向西。

他们说青春就像是一场儿戏,无论游戏中你多么投入,到最后都逃不开各回各家,各找各妈的命运。

七、你说你开始有点儿喜欢我

端木直离开青田镇是在第二年的七月,那之前,他破例接受了端木青书的邀请,去他宿舍喝光了他珍藏多年的法国红酒。然后,他醉醺醺地来拍我家的大门,他的扣子掉了一颗,说话时舌头打着卷儿。

他站在门外说:"莫小艾,我终于开始有点儿喜欢你了。"

他说一句,再说一句,妈妈手中的筷子就冲着他的脑门直直地飞了过去,然后关上了大门。

我从餐桌上站起来,走到二楼的窗口静静地往下看。

此时他正坐在门前的青石地面上,低着脑袋,看不清表情。

他说:"莫小艾,谢谢你那么长时间以来一直把我当成最好的朋友,谢谢你不嫌弃我的出身,不在意我是野孩子……"

七月的太阳那么大,似乎就要把他的头发烤出烟来。

我迅速地回转身来,想要冲到楼下将他扶起来送回家,却被妈妈声色俱厉地拉住了。

于是,我也只能站在楼上,看他在坐了很久还得不到回应以后,站起身来,摇摇晃晃地消失在了逼仄的巷子尽头。

第二天一早,我早饭都来不及吃就跑出了家门,径直冲向他家的方向。

拉煤气罐的小汽车在十字路口差点儿撞上我,开车的小司机摇下车窗来对着我的背影嬉笑着说:"小艾,这么着急去抢老公啊?"

街道练太极的大爷大妈们爆发出一阵哄笑,这样的时刻,我已懒得跟他们计较。

我要尽快找到端木直,问问昨天下午的醉话到底还算不算数。

然而等我赶到他家时,却发现房门已经上了锁,破旧的木门上面用叶子的汁液涂抹了四个暗绿色的大字。

"小艾再见"。

我想起他用圆珠笔在叶子上写杜薇薇名字时的情形,想起他的白色衬衣和腥臭的黑色渔裤。

我一遍遍地叫着他的名字,疯狂地踢打着木门,可是里面却再也没有传来端木直那熟悉的声音。

后来,端木校长发动几乎半个镇子的人去寻找不辞而别的端木直,这其中也包括他的舅舅杜良秋。

我们沿着凤凰山下通往远方的马路找了两天两夜,终究没有找到端木直留下的任何线索。最后人们得出结论,端木直是去寻找失踪多年的妈妈了。

我和杜薇薇互相拥抱着放声大哭,仿佛失去了最心爱的玩具,以及承载在那玩具上的无忧无虑的青春时光。

八、崩塌的梦城堡

后来,我还是习惯在早上醒来的时候,背起书包去端木直家看一眼,看看他是不是跟当时突然离开一样,已经突然回来。

关于城堡的
十七个夏天

　　那辆承载着无数幸福回忆的摩托车停靠在长满野草的院子角落，油漆片片脱落，生出了红褐色的锈。车后的两只小红旗，也已经被虫子蛀出了大小不一的洞。

　　后来，我和杜薇薇会手挽着手坐在高三教学楼的顶端向下俯瞰，看看通往镇子上的哪一个路口回来了我们的少年。那时候，楼管大爷已经不再四处追捕我们这些低年级的学生，因为我们两个人已经升入了高三。

　　后来，青田镇接连下了一个星期的雨。

　　因为事先预测到了这场暴雨，镇子上的人们被提前安置到了远处平缓的高地上。军绿色的帐篷里面，我透过布满水珠的塑料布窗口看过去，远方空无一人的中学，此时已经被头顶的乌云染成了灰色。

　　白亮的闪电在高高的塔顶劈开，一瞬间又将城堡一样的建筑染成了惨白的颜色。

　　泥石流来时，我看见那座童话般的建筑，如同多米诺骨牌一般，由上而下渐次崩塌，发出"轰隆隆"的巨大的声响。

　　后来，青田镇人们灾后重建，在清理被洪水淤积的河道时挖出了一具女人的白骨。

　　我不知道那是不是端木直的妈妈，我只看见她的手腕上挂着一枚绿色的翡翠蝉。

　　亲爱的端木直，如果你此去注定再也找不到那消失已久的亲情，那么能不能在身心疲惫了以后，回来看看面目全非的青田镇，捎带着看看从来未曾改变的我？

雷公岛上的传说

是不是白色的

你在我的心里过期居留

一 他如那条白蛇般拒人于千里之外

在外公家的小花园里,看见那条蛇的时候,幽灿的第一个反应就是跳着脚大叫:"蛇!蛇!蛇!"

然而那天有些肥胖,有些慵懒的白蛇,似乎根本就没有在意她那一连串有些滑稽的动作,只是抬起圆润的脑袋,用那双粉红色的眼睛轻蔑地看了一眼对面那个不停跳着脚的女孩,就悻悻地转过头去,甚至翻了一下身,把肚皮朝向了被露珠折射成多种颜色的晨时阳光。

在外公挥舞着那把顶端沾满了红色泥土的铁锹跑到幽灿身边之前,一道白色的身影已经从路旁的篱笆处翻了进来,划出一条优美的弧线,落在幽灿的身边。

他的下巴尖尖,眼神慵懒,一如那条白蛇般拒人于千里之外。

幽灿下意识地躲到了他的身后,只见他嘴角微微上扬,在泛起一抹轻蔑的笑意之后,缓缓地弯下腰来。

他……他居然将细长而好看的手指伸向了白蛇,转眼间,已经将那条冷血动物抱在了怀中,甚至亲昵地噘起嘴巴碰了碰它那一直吐着信子的脑袋。

"小白,你又淘气了哦,快跟我回家吧。"

说话间,他再次看了一眼傻在一旁的幽灿,然后翻过围墙,走到了马路对面。

"蛇,哪里有蛇?"

身体有些微微发福的外公不知道什么时候已经跑到了幽灿的身边,气喘吁吁地问道。

心有余悸的幽灿不知道该如何回答，只能抬起胳膊，透过爬满花朵枝叶的栅栏，指了指马路上那个就要消失在某个街口的白色身影。

"哦，你是说云安的那条白蛇啊，它又来花园里晒太阳了是不是？"外公脸上的表情渐渐轻松起来，为了安慰幽灿，他伸出那只布满老茧的手摸了摸她的脑袋，"那是云安的宠物，很温驯，很听话，不会咬人的。"

说完，外公兀自摇了摇脑袋，向着楼上走去。

"外公！"

幽灿忍不住喊了一声："这个世界上，怎么会有人养那么可怕的动物呢？"

说这句话的时候，幽灿暗暗地发誓，自己这辈子都会讨厌养蛇的男生，就算他长得那么好看，有着那么迷人而干净的笑容也不行。

外公没有直接回答她的问题，而是微微笑了一下："其实动物没什么可怕的，觉得可怕，是因为人类对其他物种总有戒备心。"

外公上楼后，幽灿又定定地在原地站了好久，在对着那个借口怅然若失地叹了口气之后，才重新小心翼翼地走向了花丛，举起了手中的花剪。

幽灿自己家的小区拆迁，这是她和父母来外公家暂住的第一个周末，好在外公家是一套上下两层的小别墅，所以一家五口人也住得下。

可是，她没想到，这样美好的一个周末，这样一个宁静的早晨，会被那一道白色的身影打破，不，确切地说是两道。

那两道白色的身影，就如同两枚小小的石子，投进了幽灿本来平静无比的心湖，微微起了涟漪。

虽然她说自己讨厌养蛇的男孩，但是云安的身影，和他嘴角那轻

蔑的微笑,却已经深深地烙印在了她的记忆里。

"他好奇怪哦。"

这是幽灿对于葛云安的第一印象,然而令她万万没有想到的是,初次见面时他在自己面前表现出来的神秘和冷漠,仅仅是冰山一角。

二 难道这就是所谓的欲擒故纵

幽灿再次见到葛云安,是在同一天的中午。

当时气温已经很高,妈妈和戴着老花镜的外婆在客厅里有一搭没一搭地聊着天,他们的话题是关于这座小楼的。外婆说,这座小楼直到四年前还是别人的,后来小楼的主人因为犯罪被捕入狱之后,小楼拍卖才让外公卖下。

但是,幽灿对这些并不感兴趣。

幽灿真正感兴趣的是郊区的景色。

从窗口望去,二百米以外的地方便是海滩,没有城市里那种高耸入云的大厦,有的只是二层高的红瓦青砖的小型别墅,据说,这里本来是要建成最好的休闲别墅区的。

随着一阵"突突突"的摩托声,幽灿低下头,便再次看见了那个名叫云安的白衣少年。

他坐在摩托车的后座上,驾驶摩托车的是一个稍微有点儿胖的男生。

车子在楼下停下的时候,幽灿再次看见了那条盘在他肩膀上的白蛇,于是难免心头一紧,下意识地向后退了一步。

胖男生仰起头,眯着眼睛看了幽灿几眼之后,悻悻地问身后的葛云安道:"就是她吗?"

幽灿还没有听清葛云安的回话,摩托车已经重新发动,冒着黑烟,向着海滩的方向驰去。

"呼!"

幽灿的心一直悬在嗓子眼上,在看到两个少年远去之后才长长地呼出了一口气,她不知道葛云安为什么会在事隔三个小时之后,带着自己的朋友返回这里,还有胖男生的那句"就是她吗",怎么听,怎么像是有什么阴谋。

想到这里,幽灿缓缓地转过身,在客厅的桌子上摸了一只绿色的苹果之后,朝着自己的房间走去。

她的房间是一水的白色,白色的墙壁,白色的台灯,白色的地板,白色的单人床。

外公说,自从他们搬来这里之后,房间里的装修和摆设就没有动过。如果是那样的话,当初这间卧室里的主人该是多么钟爱白色啊,可能有洁癖也说不定。

卧室的外面,是一架吊到了半空之中的折叠梯,据说梯子拉下来之后可以爬进阁楼。

幽灿从小胆子就小,只要一提到逼仄的阁楼什么的,她第一个想到的便是日韩恐怖电影里的那些鬼怪,所以纵然心中充满了好奇,也从未敢越雷池半步。

那个男孩,他到底想要干什么?

平躺在柔软的单人床上,看着明晃晃的天花板,幽灿这样想。

敞开的窗户外面传来一波波海潮拍打堤岸的声响,以及楼下小贩

的叫卖声。

她闭上了眼睛,在那些凌乱的声音中捕捉摩托车的马达声,可是,终究未能如愿。

他们到底是谁呢?

我会不会和他们成为朋友啊?

成为朋友倒是可以,但最好把那条白蛇放得远远的。

明天就要放暑假了,父母为了庆祝结婚周年纪念日,决定趁女儿放假的时候全家一起出去旅行,但自己还是不要去了吧,毕竟结婚纪念日是属于他们两个人的单独而幸福的小时光,自己就不要去凑热闹了吧。

现在想来,幽灿是在父母出门旅行的第二天再次遇见那个骑摩托车的胖男生的。

当时,她拿着一个小小的塑料桶跟着外公去海边赶海,结果,就在一个烧烤摊前遇到了正在大口大口吃着烤串的胖男生司南航。

因为穿了帆布鞋怕海水把鞋子打湿,在外公卷起裤管走向远处的海滩时,幽灿留在了烧烤摊附近。

幽灿首先听到的是一声悠扬的口哨声,循声望去,便看见了那个胖男生的脸。

他说:"嘿,美女,过来,我有事对你说。"

幽灿四下张望了一番,在确定身边并无其他女孩,指了指自己的鼻子,在得到他肯定之后,试探着向前走了几步。

胖男生一边拍了拍身边的椅子示意她坐下,一边自我介绍道:"我叫司南航,是葛云安的邻居,也是他最好的朋友。"

不知道为什么,在听到"葛云安"三个字的时候,幽灿心中那原本满满当当的戒备，居然鬼使神差地淡了许多，拉了拉裙摆坐在了司南航的对面。

司南航拿起一串烤鱿鱼递到了幽灿的面前，她礼貌性地接了过来，却没有吃。只听他说道："你叫幽灿吧？我们已经打听过了。"

幽灿的心中有些忐忑，不知道他们为什么这么关心自己，还打听她的事，但最终这个疑问还是没有说出口。

也许是看到她有些紧张，男孩爽朗地笑了几声解释道："你没必要害怕，我今天碰到你，是想告诉你一件事情，葛云安他喜欢你，想追你！"

"啊？"

幽灿明显有些吃惊，但不久之后就恢复了平静，是啦，其实这一点她早就想到了，只不过在这样的场合，由另外一个男生告诉自己这件事情，似乎还是有点儿意外。

她又想起了缠绕在葛云安肩膀上的那条白蛇。

于是，她只好低下头来思考了片刻，不过说出来的话仿佛又与白蛇毫无关联。

"那他……他为什么不亲自告诉我？"

于是司南航便笑了，他没有回答幽灿的问题，而是在把一张钞票拍在桌子上走掉之后，背对着幽灿的方向说了句莫名其妙的话。

他说："难道谁先说出口很重要吗？你们还真是的。"

幽灿想，到底哪一方先说出口，似乎还真的不怎么重要，重要的是，既然第一次遇见自己的时候就产生了好感，他干吗还要表现出那种拽拽的，拒人于千里之外的态度啊。

难道这就是所谓的欲擒故纵？

这样看来,葛云安似乎还真是一个怪少年呢。

想到这里,幽灿微微笑了一下,她有点儿庆幸几天前放了父母的鸽子,没有跟他们一起去旅行了。

因为她觉得,她已在这里遇到了全世界最美丽的风景。

三 他起来像是一只喜欢躲在暗影里的野猫

幽灿正式答应成为葛云安女朋友时的情形说起来有些古怪。

那是一个深夜,躺在床上的幽灿迷糊之中听到房间外面有响动,直觉告诉她那响动是从头顶的阁楼上传来。于是一向胆小的幽灿便一个激灵从床上坐了起来,反复做了很长一段时间的心理斗争之后,才抱着一个枕头,小心翼翼地打开了房门。

借着走廊尽头窗户里透过来的月光,幽灿看见那架原本叠在上方的梯子果真被拉了下来,布满尘土的脚踏板上甚至多了几个脚印。

她快速地向后退了几步,正想大声喊,头顶却传来了"咯吱咯吱"的声响。

再看时,缓缓走下楼梯的不正是当日那个笑容轻蔑的少年?

很明显,他也已经看见了缩在墙角的幽灿,可是,这个小贼却仿佛一点儿也不紧张似的,在冷冷地看了幽灿一眼之后,便拿着一件方形的东西,走下了折叠梯,向着窗户的方向走去,看样子,他就是从那扇窗户里爬进来的。

好在,这次他的肩膀上没有白蛇。

"喂,你。"

幽灿轻轻地叫了一声,她把声音尽量放低,是怕外公听到后会把这个小贼当场捉住，人赃俱获的话，他便百口莫辩了。

葛云安在听到她的话之后，微微愣了一下，定在了原地。

试探了许久，忐忑不安的幽灿最终还是将枕头举在了胸前，一步一步地向着背对着自己的少年走去。

那一天，她本想问问他为什么会在深夜偷偷潜入外公家，可出口却变成了："葛云安，司南航说你喜欢我，是不是真的？"

也许是没想到她会问这句话，葛云安一直僵硬的肩膀明显放松了许多，他转过身来，后背靠在墙壁上，看向幽灿。

他背着光，幽灿看不清他脸上的表情，但她想，那时的他，一定也是一脸不屑与轻蔑吧。

"你真的喜欢我吗？"

这是幽灿问的第二句话，她不知道，自己什么时候变得那么有勇气了。

藏在阴影里的葛云安微微地咳嗽了一下，轻轻"嗯"了一声，算是默认。

幽灿便笑了，胸前的枕头也拿了下来，拎在了手里："那你为什么不亲口告诉我？"

短时间的沉默，幽灿的脸上火辣辣的，好在光线很暗，就算是自己脸红了，他也不会看见。

"那……那你做我女朋友吧。"

虽然他的声音有些小，语气有些漫不经心，但在听到这句期待了许久的话之后，幽灿还是迫不及待地点了点头。

说完这句话之后，葛云安再次转过身去，跨过了窗台。

"那……那你以后能不能不养蛇，我不喜欢蛇……"

面对"女朋友"提出的第一个要求,葛云安思索了片刻,那一刻的幽灿满心希望他能答应自己这个请求,可是接下来他的话却未免让人有些失望。

他说:"既然决定做我的女朋友,那你就学着适应我的习惯吧。"

看起来,眼前这个男孩子还挺霸道,不过,霸道得刚刚好。

幽灿笑着站在原地,没几秒钟的工夫,窗外便传来了一阵"叮叮当当"的乱响,随着一声沉闷的声响,幽灿的心也提到了嗓子眼,跑到窗口看时,只见窗外的瓦散落了一片,而一瘸一拐的葛云安正消失在路灯照不到的地方。

看样子,刚才的那段对话其实葛云安也很紧张,所以才会马失前蹄,跌到楼下。

"谁,是谁?"

隔壁的房间里传来了外公的声音,幽灿赶忙打圆场道:"没什么事,外公,是一只猫。"

呵呵,他的样子,他的表情,他的动作,看起来倒的确像是一只喜欢躲在暗影里的神秘的野猫呢。

葛云安走后,幽灿爬上了阁楼。

凌乱不堪的阁楼,看起来像是前主人的收纳室,葛云安刚才手里拿着的那件东西看样子就是从眼前那只落满灰尘的纸箱里拿出来的。

幽灿看了一下,发现那箱子里面全都是一些小孩子的玩具,弹珠、弹弓之类,似乎并没有什么值钱的东西。

后来,她把那些东西重新收好,下楼之后还没忘帮他收起折叠梯。

她对着那扇时而有海风吹进来的窗口笑笑地说:"葛云安,这就当是我们两个人之间的小秘密吧。"

四 雷公岛的传说

那年七月，幽灿成了葛云安的女朋友，同时也成了司南航的死党。

每当他和葛云安一起坐在司南航的摩托车上，沿着碧波缱绻的海岸线向着太阳升起或落下的远方飞驰的时候，每当她闻见空气里淡淡的薄荷味道，她便会觉得，生命从未如此美好。

虽然彼时的葛云安依旧是那副冷冷的表情，但是幽灿却认定自己已经透过他那副冰冷的假面，看穿了他滚烫的心。

不知不觉间，他已经把那条心爱的白蛇放进了缸里，再也不带在身边了；不知不觉间，他习惯了在过马路的时候走在她的左边，用身体为她挡住迎面而来的汽车；不知不觉间，她觉得自己仿佛已经成了他生活中的核心。

幽灿第一次去葛云安家时，是有些意外的。

因为他的家太过简陋，简陋到只是一座建筑工人们当初建别墅区时临时搭建的工棚，简陋到被粉刷成了白色的房间里面，只有他一个人，以及挂在墙壁上的一张照片。

照片中有三个人，能看得出一男一女两位中年人是葛云安的父母。

看着照片的幽灿突然想起了那个晚上发生的事情，她想，那天晚上他从阁楼上拿走的，可能就是这张照片吧。

因为他看见照片的背景像极了外公家的客厅。

"云安，我外公家……"

幽灿试探着问了一句，但当她看见葛云安的表情一下子沉下去之后，便没再继续追问。

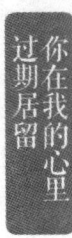

司南航连忙打圆场道:"云安,天气预报说台风过几天就要在这里登陆了,我们还去雷公岛吗?"

去雷公岛游玩是不久前葛云安他们三个人制订的计划,据说雷公岛是心形的,当地有个说法,如果年轻的情侣能够手牵着手登上雷公岛的话,就一定能够永远幸福地生活在一起。

当然,这个说法是幽灿从司南航的口中听来的,当时,她的第一反应就是摇着面无表情的葛云安的胳膊求他带自己一起去。

然而那一天的葛云安仿佛有什么心事似的,在望着浩渺的海面看了半天之后,才冷冷地说了一句"好"。

你爸妈是不是就是我外公家原来的主人?

这句话一直深藏在幽灿的心中,却从来没有问出口。其实那时的幽灿已经断定,葛云安一定跟那座小楼有很多渊源,也许,那条白蛇曾经在花园里生活过,所以才总会在葛云安不留意的时候,偷偷地溜回去。

但这一切都已经不重要了,既然他不愿意说,那她就不问。

这是幽灿当时的想法,她觉得喜欢一个人,没必要在乎他的从前,只要以后能够幸福地在一起,比什么都重要。

一向沉默寡言的葛云安突然问了一句:"幽灿,你真的相信那个传说吗?"

听了他的话,幽灿微微地笑了一下,歪着脑袋看了面色沉暗的葛云安一眼后,说道:"葛云安,你是不是觉得我有点儿傻?傻就傻吧,他们说每一个沉浸在幸福中的女孩子,脑袋都会变傻的。那个传说是真是假无所谓,我只知道,自己一定要跟你一起手牵着手踏上雷公岛。如果我们这么做了,就算以后我们分开了,不在一起了,我也不会没有遗憾的。相反,如果我们不那么做,后来我们分开了,我会恨自己当初不够勇敢。"

葛云安笑了一下，抬头看向了阴沉沉的天空。

那是他第一次发自内心地笑，可是笑着笑着，却微微红了眼眶。

他说："好吧，幽灿，我们一起去。"

五　就笑一下吧

幽灿他们是在台风登陆前的两天，偷偷开着司爸爸回港避风的渔船驶向雷公岛的。

那是一条船尾上镶着涡轮机的木制渔船，行驶在因为台风即将到来而变得有些微微发黑的海面上时，如同一片渺小的蓝色叶片。

幽灿紧紧地挽着葛云安的胳膊坐在船头，司南航在船尾掌舵，令人感到奇怪的是，那一天一向多话的司南航变得沉默起来，反倒是葛云安的话要比以前多很多。

"幽灿，你还是相信那个传说吗？"

那是葛云安第二次问幽灿这个问题，而这一次幽灿只是紧紧地搂住了他的胳膊，将脑袋靠在了他的肩膀上。

"你为什么不问问那天我为什么会出现在你外公家？"

幽灿只是带着一脸笑意摇了摇头，你不说，我就不问。

他说："你知不知道其实你住的房间，原来是我住过的？"

幽灿依然只是笑，她心想，怎么会不知道呢，那么钟爱白色的男孩，恐怕全世界也找不到第二个了吧。

在看到身边的这个女孩仿佛傻了似的只知道傻笑之后，葛云安便不再说话。

"因为,我相信你,这就足够了,我喜欢你,相信你也像我喜欢你一样地喜欢着我。"

在幽灿说出这句话之后,她明显地感觉到有几滴温热的液体落进了自己的头发里。

葛云安是哭了吗?他一定是哭了吧。

他哭起来的样子一定很难看,她不敢抬头看他的眼。

那一刻她想起了几天前与外公在客厅里促膝长谈时的情形,那一天,她把对葛云安的种种疑问告诉了外公,说她在他家发现的那张古怪的合影,以及他出现在阁楼上。而外公给她讲了一个故事,故事里,曾经生活在那座小楼里的夫妇姓葛,是休闲别墅区的开发商,后来二期工程出现了严重的质量问题,葛爸爸便通过关系找到了主管工程质量的外公,希望他能网开一面。但是,当时即将退休的外公不但没有睁一只眼闭一只眼,还主动将葛爸爸送的赃款上缴了,那笔赃款成了后来给葛爸爸定罪的重要证据。

葛爸爸被判处了二十年有期徒刑。

也就是在同一年,葛妈妈和葛云安被赶出了小楼,过惯了富足生活的葛妈妈适应不了苦难,受不了别人的非议,患上了严重的精神疾病,并在两年前的一个秋天的深夜,走进了一望无际的大海里,再也没有回来。

再后来,外公退休,通过拍卖买下了这座房子。

说到此,外公上前拉了拉幽灿的手:"幽灿啊,听说你现在跟云安成了朋友,但是外公提醒你,最好还是离他远一点儿。因为那孩子的眼中只有恨,他把一切仇恨都记在了外公头上。你知道吗,要不是外公托了人,他所在的那处简易房早就已经按照规定拆除了。外公是看那孩子可怜啊，当初外公这么做并不是想要他们家家破人亡的。

想到这里，幽灿努力地笑了一下，虽然外公已经交代过要离葛云安远一点儿了，但她还是偷偷地跑了出来，义无反顾地跟着他，在台风即将到来的夏日，驶向了据说可以给人带来幸福的雷公岛。

"云安，幽灿相信你。"

直到司南航驾驶的渔船直直地撞向海面上突起的某一块礁石的时候，幽灿还在心中不停地重复着这句话。

当时海面上的风浪已经很大，虽然还未形成台风，境况却足以用"险恶"这两个字来形容。

直到很久以后，幽灿才得知，那次小船之所以撞上礁石其实跟台风根本没有关系，那只是葛云安和司南航蓄谋已久的一个阴谋罢了。直到那时，幽灿才知道其实司南航并不仅仅是云安的朋友，葛云安还是司南航的表哥。当年，他是和葛云安一起眼睁睁地看着葛云安的妈妈被人从水里打捞上来的。从那一刻开始，葛云安和司南航便决定一定要让鸠占鹊巢的外公血债血偿。

一个月前，偶然出现的幽灿成了他们的目标。

如果在某片起了风浪的海域将船撞翻，不会游泳的她一定就会像当年那个可怜的女人一样葬身海底了吧，到时候，水性极好的他们一定能够游到不远处的雷公岛，之后还可以把一切责任推到台风身上。

而那个可恶的老头，在失去了疼爱的外孙女之后，一定也会像当年他们失去亲人一样痛不欲生。

为了使计划顺利实施，司南航甚至不惜编了一个听起来很美的传说。

他们是这样想的,他们也这样做了。

可是后来,当幽灿听司南航亲口将这个阴谋告诉她时,她的心中却没有一丝仇恨,她只是坐在细软的沙滩上望着浩渺的海面大声哭泣,直到自己再也没有力气,瘫软在了沙滩里。

她想起了那一天小船撞翻后,自己落水时的情形。

不停地呛水的她看见海面上起了巨大的风浪,原本两天后才会席卷这里的台风提前登陆,而在一击之下四分五裂的渔船,已经被大浪抛向了远处。

后来,她看见了不远处正在卖力地划着水的葛云安。

她下意识地扬了扬手臂,想要像抓住最后一根救命稻草似的抓住他的胳膊,但是那一刻的她却突然意识到,这种情况下如果抓住他,两个人势必一起沉入海底。

她收回了胳膊,不停地咳嗽着,她觉得自己的四肢渐渐无力。

她看见那个名叫葛云安的少年在向着雷公岛的方向游出了好远之后,突然转过头来,向着逐渐沉溺的自己看了一眼。

那一眼,满是抱歉。

于是,她只能努力地对着他笑了一下。

她想,如今自己就要死了,还能为他做些什么呢,就笑一下吧。

笑一下,至少在他关于两个人最后的记忆里会认为,她在与他在一起的最后一秒钟,也是幸福的。

然而,令幽灿万万没有想到的是,在看到幽灿的那个笑容之后,原本已经向着远处游去的葛云安,居然拼命向她游了过来,然后一把抓住了她的胳膊,将她拖上了自己的后背。

那一天,葛云安驮着幽灿在一米多高的大浪中足足游了二百多米，这期间幽灿曾经多次地大声呼喊着让他放手，可是他的手却抓得更紧。幽灿曾不止一次地听见他的胸膛里传来了沉闷的咳嗽声，因为呛水而引发的咳嗽越来越剧烈。

他就那样不顾一切地驮着她向着雷公岛的方向游去，幽灿本以为他会像向她保证过的那样和他手牵着手一起登上雷公岛的，可是她错了。

她记得，她看到他的最后一眼，正有巨大的带状海浪从他背后汹涌而来。

而他在回身看了一眼浪高之后，便猛地把她推向了不远处正伏在一块船板上大口大口地喘着气的司南航的方向，并声嘶力竭地对他喊了一句："南航，带她上岸！"

然后，他便淹没在海浪之中。

后来，在司南航大哭着将幽灿拖上雷公岛之后，坐在一块巨石后面的幽灿，一直在想一个问题。

她清清楚楚地记得葛云安在被大浪卷走之前是对自己说过一句话的，只不过那时海浪的声音太大，她听不见他说了什么，只能看到口型。

她想了很久，直到救护人员将他们带离雷公岛，直到她的父母赶回来，直到房间的阁楼上再也不会发出"咯吱咯吱"的声响后，才明白，最后的最后，他说的那句话是："我去找妈妈了！"

六、雷公岛上从来没有传说

外公说雷公岛上从来没有传说的时候，幽灿正坐在五颜六色的花丛里，看着某一处明显因为某个人的踩踏而变得有些稀疏的栅栏发呆，在她的右手边，放着一个圆形的玻璃鱼缸，鱼缸里有一条喜欢在

外公的花园里晒太阳的慵懒白蛇。

　　她说:"外公,有的。"

　　外公叹了口气,无奈地笑了一下,走向了小楼。

　　幽灿低下头来,用指尖轻点了一下白蛇的脑袋,然后故作惊讶地喊道:"蛇,蛇,蛇!"

　　"蛇,蛇,蛇!"

　　"蛇,蛇,蛇!"

　　……

没有了你，
我会长大吧

你在我的心里过期居留

一、你的手很大，却很柔软

郑小柏，也许你不知道，其实第一次遇见你的时候，我刚刚当上S大学生会纪律部部长不到一个星期。这S大里面，有好多学生需要我管，但是我最头疼的就是你们这帮刺儿头。

你们整天逃课到校外的网吧里打游戏，为了得到好装备，甚至组成了一个多达十几人的"小团伙"，你们一起练号，还专门弄了两个小号负责跟在你们的屁股后面拣金子和装备。你们分工明确，甚至还有放哨的，据说你们人手一张学生会干部的花名册，册子上贴着学生会干部的照片，一旦发现网吧外面有可疑人物，就一哄而散。正是因为这样，学校里组织的多次"围剿"行动都一一落空。

但是你们这群人偏偏脑子又特别好用，考试的前几天把重点狂背一通，居然能够考及格。学校里的规定是一个学期内如果有三门不及格就可以开除，这一招对你们也毫不管用。

那一次，刚上任不久的我为了在校领导面前立功，居然单枪匹马地去抓你们，我想当时你们手中肯定还没有我的资料，在这种信息严重不对称的情况下，我是有取胜的把握的。

果不其然，那天我进入网吧的时候，你们这群人压根就没看我一眼。我掏出了口袋里的证件，像个战斗在一线的孤胆英雄似的大声对你们说："学生会纪律部的，统统不要动。"

但后来发生的事情证明，我的确是高估了自己的能力，也高估了你们战队里那群小屁孩的素质，其中一个胖子在听到我的话之后，居然顺手抓起电脑桌上的一瓶矿泉水，把满满的一瓶水就泼到了我的脸上。

我被呛得咳嗽连连,眼睛里也进了水,只能眯着眼胡乱摸索。

我看见他们好多人都从我身边"呼啦啦"地跑掉了,于是我只能摸索到一旁的沙发边,因为我进来之前看见那里还有一个人在补觉,我猛地一下抱住了一条大长腿,吵醒了刚刚被战友们替下"火线"的你。

你抬头一看,见整个大包间里只剩下一个人了,马上便联想到发生了什么事。

你本来还想跑,可是右腿却被我死死抱住,蹬了半天也蹬不开。

知道吗,郑小柏,我当时抱着的是一种豁出去的心态,我发誓那时就算你抬起脚来把我踹个面目全非,我也绝不松手,因为我被你的小弟们惹恼了!

我努力地抬起头来,想看清你的模样,可是眼睛里却灰蒙蒙一片,涩得要命,一睁眼便有大颗大颗的泪珠滚下来。

郑小柏,当时你是不是被我灰头土脸的样子吓坏了呀,要不然你怎么突然就站在原地不动了呢?你肯定知道,那一次如果我把你押到学生会再上报给学校的话,至少也得给你记个过。

可是你没有逃,你还轻轻地蹲下身来,将我扶到了沙发上,强行托起我的下巴,温柔地给我吹了吹眼睛。

我的视力尚未恢复,只能看见一个模模糊糊的剪影。

我看见面前那个穿着白衬衣的你,正托着我的下巴,将那两片薄薄的嘴唇朝着我的眼前凑过来。

你的个子很高,却有点儿瘦;你的手很大,却很柔软。

许久之后,你命令般地让我闭上眼,然后拿出一张纸巾,小心翼翼地帮我擦起脸来。

你说:"同学,你也太不要命了吧,一个人就敢来抓我们?"

我恨恨地回敬你,我说:"自古邪不压正……"

我的话还没说完呢,你就笑了起来,你笑起来的声音很好听,就好像夏日雷雨之前的一阵微风,让人顿感清爽。

我的脸还被你托在手中,你在手中的纸巾慢慢地滑过我的下巴之后,突然禁不住发出了一声惊叹,你说:"想不到还是个极品!"

郑小柏,你肯定是打游戏打得分不清现实和虚拟了吧,你形容我的时候居然用了一个打出顶级装备时才用的专业术语。

那一天,在我的视力完全恢复之后,我突然再次抱住了你的大腿:"哈哈,这下你跑不掉了!"

二、我吃了你们的烧烤,喝了你们的饮料

让人沮丧的是,那一天我最终没能成功地将你押回学生会办公室。

因为当我押着你出了网吧,刚刚走到第一个路口的时候,就再次遇到了那个往我脸上泼水的浑蛋。当时他们几个人正在烧烤摊上吃烧烤,而且给你留了位置。当看见对面的你和我之后,那个胖子突然跑上前来,一下子就把我扛了起来,朝着烧烤摊的方向跑去,任凭我怎么捶打,怎么叫骂,他都不放手。

他将我放到一只凳子上,嬉皮笑脸地对我说:"领导,我们知错了还不行吗,我们刚才不应该那样对你,都怪我胖子没见过大世面,一看你那架势就慌了神!"

"哼!"

我的鼻子里冒出一声冷哼,抬起头看向对面正笑笑地走向这边的你,从你的气场来看,你一定是他们的老大,我倒要看看你怎么处理那个敢在太岁爷头上动土的死胖子。

只见你缓缓地走到了胖子身后,抬起腿来在他的屁股上猛踢了一脚,然后命令道:"罚你今天晚上不许吃饭!"

胖子微微笑了一下,与你交换了一个眼神,然后乖乖地拿起一只凳子,坐到了三米开外的地方。

后来,烧烤上桌的时候,他终于忍不住诱惑,趁着我们不注意,一下子冲上前来抓了一把跑掉了。

郑小柏,其实那一天我本来没想吃你们的烧烤的,我知道吃人嘴短,以后就不好法办你们了。可是当我听到你们后来所说的话时,突然就放弃抓捕你们的念头了。直到那一天我才知道,你们把拼命地打装备赚来的钱,全都捐给了偏远山区里那些上不起学的贫困孩子。

这种义举据说是从你大一暑假去西藏旅游回来后开始的。

那一次,你在山区里遇到了几个可怜的孩子,回来后就决定赚钱资助他们。后来你们宿舍的同学全都在你的倡议下参加了这个活动,你们资助的孩子越来越多,但你们的生活费又有限,才不得已想出了这个法子。

你说你们本来是想找其他兼职的,可是那些兼职岗位根本就赚不了几个钱,所以你们才走起了这样的"旁门左道"。

除此之外,你还信誓旦旦地跟我保证说,你们以后只在周末的时候才去打游戏,不会让领导担心的。

你说话的时候脸上一副真诚的表情,暖色灯光从你背后照过来,在你的发梢发散成七彩颜色,我一时间竟然有些恍惚。

最后,我吃了你们的烧烤,喝了你们的饮料。然后抹了一下嘴巴,心潮澎湃地对你说:"郑小柏,如果真是这样的话,那我也加入

你们好不好?"

那一次,我本以为你会答应的,可是你却笑着摇了摇头,抬起下巴点了点周围的那些人,说:"你看这些人有哪个是女生?你们女孩子干不了这活的,对皮肤不好,要是脸上长满了痘,恐怕连男朋友都找不到了。"

我狠狠地剜了你一眼,狡辩道:"谁说我要跟你们一起打游戏了,我要用自己的方法来帮助那些孩子。"

你仿佛没有听见我的话,举起手中的扎啤"咕咚咕咚"地喝了下去,看着你那副拽拽的样子,我在心中暗暗地发誓一定不能让你看扁。

我记得高中的时候曾经看过一首诗,其中有两句是这样的——我必须是你近旁的一株木棉,作为树的形象和你站在一起。

三、你歪着脑袋看你,脸上洋溢着自豪的表情

郑小柏,我开始借助学生会的名义,发动全校的师生为西部的那些孩子募捐是在遇见你后的第二个星期。我没想到校领导对这件事情会那么支持,我去找校长特批经费的时候,校长还曾语重心长地告诉我说:"现在你们这些孩子啊,同情心越来越少了,以后这样的活动应该多搞几次,我全力支持!"

知道吗郑小柏,其实那时候我本想把你们的"壮举"告诉他的,可是我又担心拔出萝卜带出泥,校长万一追究起你们去网吧通宵打游戏的事情来怎么办啊。

我和学生会的其他几位同学在教学楼旁边设立了捐款箱,拉出了条幅,为了吸引同学们的注意,我还借来了电喇叭。我们的口号很简

单、很实用,以至于后来每当我站在捐款箱旁边,追着那些想要去旁边的小店里买雪糕的同学屁股后面大喊"少买一支雪糕,山区的孩子们就能多买一盒铅笔"的时候,小店的老板娘恨不得直接将我拎起来扔进冰柜里。不过,小店的老板挺不错的,他趁老板娘出门的时候,偷偷地从收银机里抓了一大把钞票塞进我们面前的捐款箱,而且"做贼心虚"地央求我们千万不要告诉他老婆。

老板像完成了一个巨大的心愿似的屁颠屁颠地从我们身边跑回小店的时候,你就站在小店旁的墙角处看着我们笑。你穿了一件大大的白T恤,双手插在运动裤的口袋里,笑笑地看着我。

我歪着脑袋看你,脸上洋溢着自豪的表情,后来的你曾不止一次地说我这个表情像个孩子。

接着,你缓缓地走向我,在离我半米远的地方站定,笑笑地对我说:"锦夏,没想到你真的挺有恒心的。"

看你说的,郑小柏,其实当你看到我不管不顾地死死抱着你大腿的那一刻就应该知道我有多坚韧。

见我不说话,你兀自搬起那个捐款箱放到耳边晃了晃,漫不经心地对我说:"对了锦夏,我要结婚了。"

"结婚?"我吃了一惊,忘记了手中还拿着电喇叭,此话一出,被放大了无数倍的声音在教学楼间回荡,附近的那些同学,纷纷向我们投来了好奇的目光。我不知道,自己在听到那几个字从你口中说出来的时候为什么会有些紧张,我本应该想到那时还在上大学的你是不可能结婚的。

你被电喇叭的声音吓了一跳,赶忙上前一步,猛地捂住了我的嘴,哭笑不得地看着我说:"我是说我要和胖子结婚了!"

"呜……"

我瞪大眼睛，一脸惊恐地看着眼前的你，那一刻，我真怀疑自己的听力出现了问题。真是知人知面不知心，画虎画皮难画骨，跟你做了那么久的朋友，我居然没发现你的品位那么独特。你是不是觉得胖子的那身肥肉抱起来很柔软很有成就感啊？可是你也不看看自己的体格，你能抱得动吗你。

可能是看出我反应有些异常，你又立马想到了什么似的解释道："锦夏，我所说的结婚不是你想象的那个意思啦，我是说我和胖子要在游戏里结婚了，他练的是个女号。我们结婚的时候会收到很多彩礼，有些玩家还会送装备，那样就可以卖更多的钱了。"

听了你的话之后，我一直悬在嗓子眼的心终于落回了肚子里，猛地推开他的手："你早说嘛，吓死我了。"

你微微愣了一下，许久之后，才坏笑着问我说："你为什么那么紧张？"

你问我的时候目光灼灼，仿佛要看到我的心里去，我不敢直视你的眼睛，只得重新举起手中的喇叭，对着几个刚好从身边经过的同学喊起了那千篇一律的口号。

四、郑三少，我喜欢你

你和胖子的婚礼举行得特别隆重。

好多玩家都来参加了你们的婚礼，他们在一个广场上，用金币摆出了大大的心型，我按照你的吩咐用新申请的小号到处捡钱，其中一个不知情的玩家还以为我是小贼，走上前来，二话不说，就把我给劈死了。

我在网吧里面大声叫嚣着让你去帮我报仇，可是游戏中的你正跟胖子腻歪在一起跳舞呢，据说"结婚"的时候表现得越亲密，那些玩家给的钱就越多，所以你根本就没把我的死活放在眼里。只是摆了摆手，对我说："自己复活。"

于是我就恼了，复活之后，用了好长时间才跑到了你们结婚的地点——达纳苏斯，要说你们选的这个地方还真美，可是我已经顾不上欣赏沿途的风景了，金子也不捡了，只一味地跑向你和胖子，我要破坏你们的婚礼。胖子在游戏里面的女号很漂亮，装备都是极品，闪闪发亮，我看了气就不打一处来。

于是，我快速地走到你和胖子中间，站在你的面前，对你说："郑三少，我喜欢你，我要和你结婚！"

郑三少是你在游戏里的名字。

结果，当那一行字在公共频道上显示出来以后，婚礼现场马上就炸开了锅，身旁的胖子转过脸看了一眼坐在电脑旁边气鼓鼓的我说："哈，看来有好戏看了。"

等我转过头来看向电脑屏幕的时候，才发现刚才把我打死的那个人，又出现在了我的面前，迎头又是一刀。

后来我才知道，那家伙在一开始玩游戏的时候是跟着胖子混的，胖子四处罩着他，如今我要抢亲，他当然要为胖子两肋插刀。

可是我万万没有想到的是，在那家伙第二次把我劈死之后，你——郑三少，居然一下子冲到他的面前，跟他PK起来。一场盛大的婚礼，立马变成了一场声势浩大的屠杀。那些前来参加婚礼的人，大部分都是一起的，结果在那人的带领下，全都朝着郑三少扑了上来。

那一次，你的团队损失惨重。

你在我的心里 过期居留

我记忆中最清晰的一幕,就是你在最后,踩着满地的尸体和黄金,轻轻地走到重新复活后躲在角落里不敢出来的我面前,对我说:"你刚才说的话还算数吗?"

我转过脸来看着身旁一直盯着电脑屏幕的你,微微笑了一下,然后轻轻地用键盘敲下了——"算。"

于是,我便成了你的女朋友。

三、雅鲁藏布江流经的土地和山脉永远铭记你

还记得吗,郑小柏,后来的你和我,曾经一起度过了一段快乐的时光。在此之前,我从来没觉得自己如此幸福过。后来的我,就算是为了那些山区的孩子经常往返于校长室和学生会之间,几乎把两条腿都跑细了,也从来没觉得辛苦。现在想来,有你的那个夏天,有些长又有些短,说它长,是因为我们的账户上为山区孩子们筹集的捐款总是达不到我们预期的数额;说它短,是因为陪在你身边的我,抬头看天光的时候,它们总是仓促得仿佛只是眨了眨眼。

那一年的夏天,我还是会经常去网吧监督你们,我要确定你把所有的时间都用在了正经的"职业"上,而不是像胖子一样,一个不注意就会偷偷跑到聊天室里找其他美女聊天。

那一年的夏天,我们还会经常去第一次遇见你时去的那个烧烤摊上吃烤串。不过胖子再也没有像第一次见面那样扛过我,他曾经嬉皮笑脸地对我说,他在游戏里的级别没郑小柏高,现在我是郑小柏的人,如果他还对我动手动脚的话,怕被郑小柏一下子秒杀掉。

知道吗,郑小柏,当胖子大言不惭地说我是你的人的时候,我

的脸"唰"地一下就红了,心里却是美滋滋的,我觉得自从遇见你之后,一向根正苗红的自己突然变得有些花痴了。

那一年的夏天,你还曾告诉我说你有一个梦想,那就是在毕业之后去西藏支教,当时我想都没想,就信誓旦旦地跟你说我也要去。你说过,那里有最洁净的天空,最美丽的雪山,最广袤的高原,其实啊,这一切都不是吸引我的地方。我只是清楚地知道,只要有你的地方,就算是最艰苦的穷乡僻壤,也能成为最美丽的天堂。

郑小柏,我第一次和你去西藏是在大三的暑假,我本以为以后我们还会像那次一样,彼此依偎在简陋的硬座车厢里旅行好多次呢。可是,却没想到那一次,你却永远地留在了那片美丽的土地上。

你是因为太过喜欢那片土地,所以舍不得离开吗?

当时学校里选派了一名代表,亲自去把那些捐款交到当地的教育部门,而你身上带着的是你们战队半年来的所得。当时你还买了好多文具和课外书。

其实那一次,我们本来可以坐飞机的。

但是最后我还是听从了你的建议,让校长把机票钱折成了现金,汇入了慈善账户。

西藏的确很美,可是空气也很稀薄,当跨越千山万水赶到的我们,将钱和文具交到当地领导手中的时候,我几乎已经把胆汁全都吐出来了。后来,我们去见那些学生代表的时候,还是你把我背过去的。看来那些学生早就认识你,因为他们居然喊你"小爸爸",而对我的称呼却是"姐姐"。

知道吗,郑小柏,其实他们喊你"小爸爸"而管我叫"姐姐"的时候我心里挺不爽的,没想到我那么多天的努力居然养了一群小白眼狼。

我清楚地看见，你蹲在一个脸蛋红扑扑的小男孩面前帮他系鞋带，看见他的脚趾从磨破了的鞋子里面露出来的时候，你的眼圈突然就红了。你猛地抽了一下鼻子，拍了拍那个小男孩的肩膀说："一切都会好起来的。"

那一刻，我突然感觉到，你在看那个小男孩时，眼神里流露出的不仅仅是同情那么简单。

对不起啊，郑小柏，那一次是我连累了你，我不知道自己的身体那么弱，不知道自己根本就无法适应高原的气候。

我没想到我会晕，而且一晕就是整整五天。

我再次醒来的时候，当地已经派车将我送到了四川的一家医院，我是来帮助他们的，反而给他们添了麻烦。

我醒来后就一直在找你，可是眼前却并没有你的影子。

我想下床，却被一位藏族小男孩拦住了，他不会说汉话，但是从他的肢体语言里我能看出，他是不让我下床。

他指了指我那条打了石膏的右腿，又将双手合十，放在脸旁做了一个睡眠的姿势，示意我好好休息。

直到那时我才感觉到自己的右小腿处传来了隐隐的疼痛，我努力抬了抬脑袋，看着他问："郑小柏呢？跟我一起来的那个郑小柏呢？"

他听不懂我的话，但能听懂"郑小柏"三个字，在听到这三个字从我口中说出来之后，他的表情一下子黯淡下来，许久之后才说了一句我听不懂的藏语。

直到很久很久以后，我大学毕业毅然决然地来到了这片圣洁的土地支教时，才知道了那句话的意思，因为此时那句话已经刻在了你的墓碑上。

没有了你，我会长大吧

藏族人民最洁白的哈达永远属于你！

雅鲁藏布江流经的土地和山脉永远铭记你！

郑小柏，这是那些可爱的孩子们对你的评价，当然这评价不仅仅属于你，还有跟你一样，长眠在这块土地上的你的父亲。

此时，你就躺在他的身旁，宛如孩子重新回到了父亲的怀抱，我想，你也许不孤单。

对不起啊，郑小柏，我早该想到你之所以那么努力地想要帮助这些孩子，原因不会那么简单。我是后来才知道当初你给系鞋带的那个孩子其实是两年前你爸爸救下的，据说你爸爸本来是当地运输大队的一名老司机，经常帮助山里的孩子们，有一次雨季行驶在川藏线上的时候，为了替正从路边经过的一名小学生挡住从山上滚下的巨石，硬是把汽车直直地开了上去。

等你从千里以外的家乡赶到这里时，他已经奄奄一息了，而他对你说的最后一句话就是："如果以后有能力，别忘了帮帮这里的孩子"。

所以，后来回到学校的你开始打游戏赚钱，其实是在完成爸爸的遗愿，对不对？

他们管你的父亲叫"大爸爸"，后来又管你叫"小爸爸"。

我想，这便是你蹲在那个小男孩面前，突然红了眼眶的原因吧。

对不起，郑小柏，那一次如果我听你的话，在进藏之前做一个全面的身体检查的话，也许就不会晕倒。如果我没有晕倒，就不用你背着我跑了那么远的山路去汽车中转站找车送我下山了。那样，你也不会和我一起滚下山谷了吧。

郑小柏，你和我一起滚下山谷的时候，一定是紧紧地抱着我的，对吗？要不然，为什么我仅仅伤了一条腿，而你却永远闭上了那双好看的眼。

六、没有了你的我，很快就会长大了吧

郑小柏，当地人把你葬在那块神秘的土地上时，我还躺在医院里。据说那是你妈妈的意思，那一次，她没有哭，我也没有哭。

可是，我不哭，并不代表我不心疼你。

我的心就仿佛被人从胸膛里挖了出来，扔在地上使劲地踩，我只是那样静静地看着白色的天花板，想象着你最后一次将我抱紧的样子。你总是那么宠我，老是捏着我的鼻子说我像一个长不大的孩子，你为了我甚至不惜在自己的婚礼上对宾客大打出手……

可是，你却再也没有机会看着我长大。

郑小柏，后来我还是会经常上游戏，我不打怪，也不捡钱，只是一个人傻傻地坐在达纳苏斯的那片广场上，看着瓦蓝瓦蓝的天空发呆。而此时的胖子，就静静地坐在我的身边。

我想等着那个名叫郑三少的精灵出现，可是他再也没有出现，虽然胖子他们都清楚地知道，你的那个游戏账号的密码就是我的生日，可是他们从来没有登录过。

大四快要结束的时候，我婉言拒绝了校长让我留校读研的好意，报名参加了学校里的支教任务。

那些天，我每天坚持锻炼，增加自己的肺活量，我不怕发胖，每天都吃好多高热量的食物，最后体格审查的时候终于过关，成了支教队伍里的一员。

郑小柏，临行的那天，胖子他们来送我，我告诉他们说，我要去一个很远很远的地方了，那里除了拥有跟达纳苏斯一样蓝的天空以外，还有一个再也无法拥抱我的你。

  颠簸的汽车沿着郁郁葱葱的山路一路向上，我将脑袋贴在玻璃上，我看见远处的雪山白了头，路旁的玛尼堆连成片，七色的彩旗迎风飞舞。

  孩子们在学校门口站成了两排，齐刷刷地对我们行少先队队礼，我走到站在最前面的那个脸蛋红扑扑的小男孩面前，学着你的样子，蹲下来为他将散开的鞋带系好。那一刻，我看见自己的眼泪掉进了他脚下的土地里，"啪嗒，啪嗒"。

  "姐姐，你怎么哭了？"

  在听到他的问话以后，我抬起头来，笑笑地看着他说："姐姐哭了，是因为姐姐还没有长大。"

  亲爱的郑小柏，都说自立能让一个人很快地成熟起来，那么，没有了你的我，很快就会长大了吧？

———— 从来没有什么会比时光长

你在我的心里过期居留

一

你收留了我的狗，又会有谁来收留那么孤单那么渺小的一个我

起初注意到你是因为你有一条很特别的狗，那时候，你总喜欢穿一件白色的衬衣，长年累月地骑着一辆山地车往返于学校与家之间。我曾经很自以为是地认为你家衣柜里只有那一件衣服，或者你有洁癖。

你的狗是哈巴，并且是只串儿。

你是在路边的垃圾桶里捡到它的，当时你骑着单车从学校前的那条巷子经过，突然身边的蓝色方形垃圾箱里传来了轻声的呜咽，于是你跳下车来，掀开盖子，一眼便看见了两只黑漆漆的小眼睛。你伸出手指来在它的鼻子上轻点了一下，湿漉漉的感觉证明了小狗的健康。

你把衬衣在肚脐的部位打一个结，扣子解开两个，把那只小小的精灵塞进自己的衣服，只露出了那双讨喜的眼睛。

你吹着口哨，一路前行，刚走出十几米，便在巷子的拐角处遇见哭红了双眼的我。

红色的山地车在我面前戛然而止，小小的哈巴狗从你怀里跳脱，扑上前来，在我的鼻子上狠狠地舔了一口，舔得我破涕为笑。

你单腿支在地上，低头看着我说："我家狗狗喜欢你呢，你就给它取个名字吧。"

我想也没想，脱口而出："就叫它锅盖吧？"

你微微一愣，旋即笑着对我说："好吧，以后它就叫锅盖了，可是，你怎么会想到这么奇怪的一个名字呢？"

我没有回答，缓缓地站起身来，将锅盖重新塞进你怀里，我看见了你古铜色的胸膛，还看见了你脖子上那枚Z形的项链吊坠。

你被我的目光弄红了脸，尴尬地笑了笑，重新踏上了单车，在我的面前渐行渐远。

锅盖在你的怀里发出一阵呜咽，你腾出一只手来对着身后的我晃了晃。

宋云翳，我自始至终都固执地认为你是一个善良的孩子，要不然，我怎么会处心积虑地专门在你必经的路口将它丢弃呢？

我觉得像你那样嘴角有着温暖笑意，喜欢穿一尘不染的白色衬衣的男孩，一定是个好少年。

我打从第一眼看到你，就认定了你。

宋云翳，你也许永远都不知道锅盖这个名字的来历，因为你永远不会看见它第一次到我家的时候，因为馋嘴，爬上了灶台，掉进锅里，被反扣在锅盖下面整整一下午的样子到底有多狼狈。

宋云翳，你不知道我将锅盖遗弃的时候有多伤心，你不知道我看见你把它塞进怀里的那一刻有多开心，又有多失落。

那一刻，我觉得锅盖是幸福的，从此以后有了你的收留，它便能快乐地生活在你的身边，依赖你、讨好你、喜欢你。

亲爱的宋云翳，我若说那个时候我很羡慕那条名叫锅盖的狗，甚至羡慕到有一点点嫉妒，你会相信吗？

你收留了我的狗，又会有谁来收留那么孤单那么渺小的一个我。

亲爱的宋云翳，你若知道，我曾在一个阳光明媚的春日午后，狠心地丢弃了那么一条可爱的哈巴狗，你会不会觉得我十分狠心？

二

我不敢相信，那么帅的少年，也能做出如此丑陋的鬼脸

我的妈妈讨厌狗，确切地说，她是讨厌一切跟我有关的东西，有生命的，没生命的，她统统冷眼以对。

宋云翳，也许你永远不会知道我第一次看到你是在什么时候。

那时候我上初三，你上高二。

你跟周佳诺走得非常近，你每天骑着那辆火红色的山地车送她回家，从不在乎街坊们的冷眼和议论。有一次，你送她回家的时候，轻轻地拉了拉她的衣角。

我抱着两个月大的锅盖站在楼道里目睹了这一切，鹅黄色的阳光从梧桐树的枝叶缝隙里洒下来，打在你挺拔的眉目间。

你不知道那时候我有多羡慕周佳诺，她有一个疼爱她的亲妈，有着穿不过来的漂亮衣裳，她过生日的时候每次都能得到一个好几层的大蛋糕，她还有那么帅气的一个你，而我仅仅只有一条相依为命的哈巴狗。

周佳诺红着脸，噔噔噔地从你的身边跑向我所处的阴暗通道。

也许是太慌张，她压根没有注意到我的存在，快速冲进楼道的时候重重地撞在了我的身上，怀中的锅盖被她撞得尖叫一声，那时她才注意到了紧紧靠在墙壁上的我。

她微微一愣，旋即低声地问我说："蓝月，刚才的一切你都看见了？"

她的神情有那么一点点紧张，我不说话，只抱紧锅盖，低头看着地面，将身体微微撤开，为她闪出一条道。

她顿一下，接着又换上一副骄傲的嘴脸，自信满满地对我说："你最好别把这件事情说出去，否则有你好看的。"

她又说："我想你也应该明白，在这个家里，你说的话是没人会信的。"

我沉默地抱着锅盖走到楼门口，在一个水泥石墩上坐下来，静静地看你。

你还没走，正仰起头来看着三楼的某个窗口。

我从来没想过自己会那么勇敢地盯着一个男生看，你穿白色的鞋子，白色的衬衣，如同一朵轻柔的云彩，轻轻地，悄无声息地飘入了我的世界。

三楼，周佳诺已经回到了自己的房间，她推开窗子，对着楼下的你挥手。

那时，她的表情那么幸福，幸福到让我一直记得。

我心想，那么骄傲，那么聪明，为了在爸爸那里得到更多宠爱甚至不择手段的女孩，怎么配得到你的欣赏呢。

我想那时的你一定瞎了眼，猪油蒙了心，才会被她的外表所蒙骗。

你对着楼上的女孩笑了笑，潇洒地跳上单车，从我的身边经过。你的身上有淡淡的柠檬味，轻轻地飘入我的鼻腔。

还记得吗，你从我身边经过的时候，也许是锅盖对你动了心，那时候，小小的它居然对你吠了一声。

那还是它第一次叫，自从进到我家之后，它乖得不像话，从来没叫过，仿佛它也知道，唯一疼爱它的那个小主人在这个家中没有地位一般。

你停下车来，对着我怀中的小狗做了个鬼脸。

过期居留 你在我的心里

宋云翳,你知道那时候我的想法是什么吗?我不敢相信,那么帅的少年,也能做出如此丑陋的鬼脸。

然而这一切你早已经忘记了吧,整整一年,锅盖已经长成你不再认识的模样,而它身边的那个女孩虽然没怎么变样,但也许你从来都不曾在意。

你更不会知道,就是因为你的一个微笑,一个难看的鬼脸,曾让那个女孩暗下决心,在中考的时候,故意放弃几道大题,以明显"发挥失常"的成绩考入了你所在的那所高中。

那时的她曾有一个伟大的梦想,她想将你从那个名叫周佳诺的"女巫"手中救出来,她觉得只有最善良的女孩,才配得到那个善良的你。

后来,长大以后的锅盖变得调皮起来。

有一天,它居然自以为是地爬到了周佳诺放在沙发的裙子上,让她心爱的衣服沾满了狗毛。

那天晚上,"妈妈"大发雷霆,限我三天之内处理掉这个"丧门星",她说她早已厌倦了狗毛漫天飞的生活。

周佳诺用一卷透明胶条将锅盖的嘴一层层地缠紧,然后剥开一根香肠放在它的面前挑逗它。

直到那一刻,我才知道狗狗也是会哭的,两道清澈的泪水,沿着眼角滑落,湿了毛发。

我担心爸爸为难,也不想让锅盖饱受凌辱,于是那一天我便带着锅盖一起到了学校。

我晚自习没上早早出来,就是为了躲在那条开满蔷薇花的巷子里等你。

从来没有什么
会比时光长

三

谈宇愿从小被他们遗弃在孤儿院，从来都不知道自己姓什么

再次见到锅盖时，是在两个月以后，那时的它已与你相熟。

你把它打扮得很漂亮，毛发雪白柔顺，你甚至用一条蓝色的绸带在它的头顶扎了一个蝴蝶结。

她就像个小公主那样蹲在你的车筐里面，趾高气扬的样子。

你带它来学校，上课的时候将它放在教室外面的走廊上，它便会乖乖地待上几个小时，从来没有乱跑过。

有一次，我经过你们班门口的时候，它抬起头来看了我一眼，最后又将脑袋转向了你。那一节课，我趴在桌子上哭了很久，快下课的时候，却发现它正静静地趴在我的脚边，脑袋枕在自己毛茸茸的小爪子上，傻乎乎地睡着了。

我永远记得我将锅盖重新送到你手中时你脸上焦急的表情，你客套地对我说"谢谢"。其实是我应该对你说谢谢的，感谢这些日子以来你把锅盖照顾得那么好。

周佳诺走过来，轻轻地环住你的肩膀，看了锅盖一眼，微微一愣。

我想那时候她一定认出了锅盖，后来她之所以装作很惊讶、很讨好地抱起锅盖对你说"呀，锅盖，名字真可爱呀，真是太讨人喜欢了"，肯定是想在你面前证明自己到底多有"爱心"。

锅盖蜷缩在她的怀里，微微发抖，它就那样可怜巴巴地看看你再看看我，仿佛乞求我们赶快把它从周佳诺的手中救出。

然而我却没有想到一向温驯的锅盖，那一次，居然咬了周佳

诺的手。

周佳诺惨叫一声,锅盖掉在地上,然后拼命地向着走廊的另一端跑去。

宋云翳,你知道吗,那一天你把周佳诺送到校医院打针的时候,我为了将躲进路边荆棘丛中的锅盖引出来,几乎用尽了所有方法。

后来,你从我身后走过来,学着我的样子蹲下身,轻轻叫锅盖的名字。我仰起头来看你的脸,你的皮肤不白也不黑,是一种健康的颜色,你的睫毛那么长,在脸颊上投下好看的剪影。

"锅盖,锅盖,出来吧,我不怪你。"

你用了一种商量的温柔语气,仿佛对面的锅盖不是一只四条腿的狗,而是一个人。

锅盖的背上落满了绿色的叶子与粉色花瓣,在听到你的声音之后,从荆棘里面探出头来,小心翼翼地四下张望了一番,在确定没有周佳诺的情况下,才迅速地冲出来,扑到了你的怀中。

它的黑鼻头被花刺划破了一个口子,露出了红色的肉,正一点点地冒着血珠。

那一刻,我再也忍不住,一下子坐在地上号啕大哭,我的声音那么大,像是一个被遗失在人群中,再也找不到家的小孩。

宋云翳,你不知道那一刻,我有多想像锅盖一样扑进你的怀抱。

那时,我若真的那样做了,你又会不会觉得有那么一点点突兀?

你抱着锅盖,蹲在我的对面,耐心地看着我,你说:"周蓝月,你怎么哭了?"

是的宋云翳,周蓝月是哭了,自从十三岁被亲生母亲送回到爸爸身边后,我从来没有这么光明正大地哭过。寄人篱下的我一直很清楚,我本来就是一个不该来到这个世界上的生命。我恨他们为什么没有替我想过,作为一个私生子来到这个世界上的我,生活在他们的夹缝之中,该有多尴尬。我恨十几年前,那个已婚的男人,不该拈花惹草,我更恨那个女人大义凛然地生下了我。既然生都生了,又为何在十三年后,将我送到爸爸的身边?

我宁愿当一个乞丐,我宁愿是一枚草芥,我宁愿从小被他们遗弃在孤儿院,从来都不知道自己姓什么。

你试探着向前挪了挪屁股,揉了揉我的头发:"周蓝月,你不要哭了好不好,不要让我认为你还没有锅盖勇敢。"

你的声音,很轻很柔,我突然很想知道你平常跟周佳诺说话的时候是不是也跟这一样温柔,还是比这更温柔一点儿?

四

幸福美满的家庭以及你,在我的字典里,从来都只有"奢望"这两个字才可以诠释的

宋云翳,直到现在我不得不承认那时候的你虽然看起来很聪明,但对于我却迟钝得要命,你甚至都没有周佳诺敏感。她是那么轻易就看出了我在意你,想跟锅盖一样依赖你。

那天回到家,周佳诺正趴在她妈妈的怀中哭,我推门进去时,她抬头恶狠狠地看着我。

对于她的这种做法我已经司空见惯,只是不知道这一次她又在那个女人面前如何巧舌如簧地告了我的状。于是我轻轻地转过身,正要关门时,那个女人的拖鞋就直直地朝着我飞过来了。

你在我的心里　过期居留

　　她声嘶力竭地对我吼："蓝月，我不是早就让你把锅盖扔掉吗！你为什么不听话！而且还把它带到了学校里，你在学校是学习呢，还是开动物园呢！你非要把我气死才肯罢休对不对？"

　　爸爸出差了，所以她比平常更疯狂。

　　她把我拉到身边，拿鸡毛掸子打我手心。

　　刺骨的疼痛沿着手臂传来，她每打一下，我就会忍不住哆嗦一下，我紧紧地咬住嘴唇，从来都不哭。

　　她把我这种倔强看成了不服气，觉得我不哭她就没有成就感似的，手上的力度越来越大，我的手心慢慢失去了痛觉，只是感觉像一个浸泡在花椒水里的大气球，越来越麻，越来越胀，仿佛下一秒钟就会炸掉。

　　到最后，就连周佳诺似乎也怕了，一下子站起来拉住她的胳膊，连连替我求饶："妈，你饶了妹妹吧，我不怪她了还不行吗？"

　　我觉得她真虚伪，如果真是为了替我着想的话，当初就不会大言不惭地告状说她的手指头之所以负伤全是我指使锅盖干的。

　　周佳诺走到我的身边，试图将我扶起来，我一把甩开她的手，她冷笑一下，将嘴巴贴在我的耳边对我说："周蓝月，你那点儿鬼心思以为我不知道吗？自从那一次你在小区里碰见他的时候，我就知道你对他有想法。你是想报复我吗？你有那能力吗？你没觉得从小到大只要你我两个人同时喜欢上了一件东西，最后那个遍体鳞伤的人总是你。"

　　这时，那个女人仿佛也累了，坐在沙发上喝了一口咖啡，傲慢地问我说："蓝月，你到底认不认错？其实妈妈打你也是为了你好。"

　　看着她那副高高在上的表情，不知哪来的勇气，我居然站起身来大声地对她吼道："滚！"

是的宋云翳，我骂了我妈，虽然她不是我亲妈，但是也足以让她们给我冠个不孝的罪名了。

如你所想，我被她们赶出了家门。

夜幕降临，肚子空空，沿着路灯一盏盏渐次亮起的马路一路向北，那一刻我突然就想起了锅盖，捎带着想起你来了。

我觉得周佳诺那么在意你，甚至连我跟你说句话都要想尽一切办法报复，如果我想让她伤心，让她难过，唯一的办法就是抢到你。

我突然不明白，我的这种想法到底是因为恨着周佳诺，还是因为仰慕你。

熙来攘往的马路边上，我坐在水泥台上给你打电话，你的电话号码是三个星期前我从周佳诺放在桌子上的手机里抄下来的。

我说："宋云翳，我突然有些想锅盖了，你能把它带到我的身边来让我看一眼吗？"

说实话，我没想到那一天你真的会来。

幸福美满的家庭以及你，在我的字典里，从来都只有"奢望"这两个字才可以诠释的。

五

如果我说自己一点儿都不怕死，你会觉得我这个人矫情吗

晚上八点三十四分，你出现在我的视线里。

你从公交车上跳下来，穿着一件烟灰色的运动帽衫，背后尖尖的帽子下面，虎头虎脑的锅盖露出了两只圆圆的眼睛东张西望。

我看到是你，一下子跳起来，朝着你的方向拼命奔去。

马路中间的车辆擦着我的身体呼啸而过,我却一直在笑。

你站在马路对面大声呼喊:"蓝月,你疯了吗!小心车,不要命了吗!"

宋云羿,那一刻,如果我说自己一点儿都不怕死,你会觉得我这个人矫情吗?

看我不管不顾,你终于按捺不住,从一米多高的栏杆上跨过来,最后冲到马路中间,紧紧将我抱住。

宋云羿,你一向都是那么善良的一个男孩,所以我不太清楚,那一刻,你紧紧地把几近疯狂的我搂入怀中,是因为在意我呢,还是单单是怕我出事?

我将脑袋贴在你的怀里,在你的背后伸出双手,蜻蜓点水般地贴在你的后背上。

你不知道那一刻我有多想跟你抱我一样将你抱紧,可是我不能,我的手心肿得像是两个馒头,轻轻一碰就火辣辣的,痛彻心扉。

你拉着我的手走到路旁,你把我的手握得那么紧,手心痛到无法呼吸,可是我却依旧笑笑地看着你,任凭你拖着我的手,沿着长长的马路向前行进。

我试探着问你:"宋云羿,你能请我吃一回肯德基吗?"

于是,你便请我吃了肯德基,三十元的套餐,最后我还得到了一个作为赠品的紫色玻璃纪念杯。

是的宋云羿,我从来没有吃过肯德基,虽然我家小区门口就有一家,可是我从小只有羡慕周佳诺的分儿。那时,周佳诺的妈妈每个星期都会带她去吃一次,而从来都没带我去过,她怕邻居们因为我说她的闲话。

我是她永远见不得光的痛。

宋云嫪,你是不是觉得我吃肯德基的样子很丑?你从来没见过哪个女孩用小臂夹着一只汉堡狼吞虎咽的吧。其实我也想像周佳诺那样的美女一样,用两根手指轻轻地钳住,优雅咀嚼,可是我的手却怎么也握不住。

宋云嫪,请原谅,其实我很想在你面前表现得完美点儿,我不想丢了你的人。

从快餐店出来的时候,你本想将我送回家的,那时候你还不知道我跟周佳诺住在同一个屋子里,所以你才笑笑地对我说:"好了蓝月,告诉我你家在什么地方吧,我送你回去。"

听到"家"这个字,我的眼泪唰地一下就流下来了。

我说我没有家,确切地说是今夜我无家可归。

你的脸上露出难为情的表情,跟一个无家可归的少女厮混整整一个晚上这件事情,你仿佛有些担待不起。

我看出你的为难,拍着胸脯对你说:"你先回家去吧,肯德基是二十四小时营业的,我在这里待一晚上不会有什么问题的。"

我说这话的时候本来以为你不会走,可是你却走了,你说:"那好吧,蓝月,你乖乖地待在这里。"

于是我重新走进店里,乖乖地坐在一个靠窗的位置上泪流满面地看你带着原本属于我的锅盖离去。

可是令我万万没有想到的是半个小时之后你又回来了,而且是汗流浃背,你气喘吁吁地对我说:"太好了,蓝月,我跑了很远,终于在一个胡同里找到了一家不用身份证的小旅馆,我们可以去那里对付一宿。"

你说肯德基虽说是二十四小时不关门,但到下半夜,如果顾客不多的情况他们也是会清场的。

你说刚才给家里打了电话,撒谎说今晚是他好朋友的生日,因为派对要开到很晚,所以就不回去了。

我坐在沙发上看着你额头上亮晶晶的汗珠傻笑,宋云翳原来你也会撒谎啊。

六

我们的样子那么亲密,就像是一对真正的小情侣

小旅馆的房间很小很小,两张床就几乎占满了整个房间。

你熟睡的时候样子很好看,呼吸很匀,我还以为所有的男生都打呼噜呢,而那天晚上打呼噜的却只有锅盖那条没出息的狗。

第二天出门时,我开心地搓着手,却忘了手上有伤,于是尖叫一声,像是触电一般地连忙缩手。

直到那一刻,你才发现我手上的伤痕。

你站定脚步,小心翼翼地拿起我的手,责问我说:"蓝月,你手上有伤,为什么不早点儿告诉我?"

我笑着对你说:"为什么要告诉你呀?告诉了你,昨天你就不会拉我的手了,那样该有多郁闷啊。"

你将我的双手举到嘴巴,轻轻地吹着气,还说一会儿出门之后要去给我买包冰块,敷在手上。

我们的样子那么亲密。

然而正当你低头往我手上吹气的时候,周佳诺从对面走过来,那

家小旅馆是在上学的必过之路上。

她看见我们俩之后嘴巴张得老大,然后抬起头来看到广告牌上"××旅馆"几个字,嘴巴张得更大。

然后,她大喊大叫地跑上前来,在你的脸上狠狠地捆了一巴掌之后,愤愤离去。

七

为什么"在意"两个字终于从你口中说出来的时候,我却这般没出息到手忙脚乱

你和周佳诺是真的断交了,我不知道这到底算不算是一个无心之失。我曾处心积虑地想要抢到你,可是从来没有想到用"卑鄙"的手段来玷污你。

后来我本想去跟周佳诺解释的,可是你却制止了我,你说像她那么骄傲的女孩肯定听不进别人的话,你说既然她不了解你,又何必喜欢你。

你说得轻描淡写,我本来以为你会发疯,可是你没有。

你轻轻地攥着我唯一一根完好无损的大拇指,在一个卖冷饮的小店里为我买了一包冰块。

我就那样小心翼翼、亦步亦趋地跟在你的身后,向着学校的方向走去。

太阳一寸一寸升起,冰块一点一点融化。

你的背影很高很瘦,锅盖蜷缩在天蓝色的背包里昏昏欲睡,整整十七年来,我从来没有见过这么美好的阳光。

你走几步,突然又转过头来,轻声询问我:"蓝月,我若说我有那么一点点在意你,你会相信吗?"

我举起手里的冰块冰你脑门,我说:"宋云翳,你可能发烧了,得冷静冷静。"

其实那一刻,我觉得发烧的那个人是我。

期冀了那么久,盼望了那么久,终于到了这一天,为什么"在意"两个字终于从你口中说出来的时候,我却这般没出息到手忙脚乱。

我想到了周佳诺会向妈妈告状,我想到妈妈肯定会骂我、讽刺我。

她肯定会说:"蓝月,你就跟你妈一样,不知廉耻!"

这一切我都不怕,长久以来,我已经习惯了她的那些挖苦,可是我却万万没有想到,她会蠢到要到学校去闹。

那一天,中午刚到家,她把我骂了个狗血淋头,最后居然一下子从沙发上站起来,冲出了门。

从家到学校,整整五六站的路程。

我一直在后面跟着她不住地央求,那是我平生第一次在这个女人面前服软。

我在快到学校的那个路口"扑通"一声跪在了她面前。

宋云翳,那个时候如果你在场的话,肯定会觉得我特没骨气,特不配被你喜欢吧。

可是你不知道,我怕的根本就不是她会把我怎么样,我怕的也不是她将这件事情闹大后学校里的师生会怎么看我,我只是怕这件事情连累到你。

我觉得你才是最无辜的那个人。

你长得那么好看，像个王子，成绩又那么好，已经凭借优异的联考成绩取得了华师大的破格录取，只要剩下几个月的时间不发生特别重大的事故，便能顺利地进入那所名校。

我怎么忍心因为你的善良而伤害你。

我跪在地上，拼命地抱住她的双腿，泪流满面地乞求她："妈，你别去学校好不好，我知道错了，以后我再也不惹你生气了，我什么都听你的还不行吗……"

后来，气势汹汹的女人终于被我说服，叹了一口气在我面前蹲下身，俯视着匍匐在地的我说："蓝月，其实妈妈知道你挺可怜的，以前妈妈也并不是有意刁难你。我想你应该知道，自从你来到这个家以后，我和你爸爸出门的时候都不敢抬头。"

她说："整天被别人背地里骂成野孩子对你也不公平吧，你心里肯定也很难受。很早以前我就曾对你爸爸提议把你送到乡下的奶奶家，那里没有人知道你的过去，对你也有好处。可是他这人死心眼，一直都没同意……"

她说这话时用了一种试探的口气，我知道她的意思，于是连忙接话道："妈，我知道你对我好，你放心吧，爸爸这次出差回来以后，我会主动向他提出的，我就说是自己受不了这种整天生活在非议中的日子了……"

女人微微一笑，伸出手来摸了摸我的脑袋，然后特做作地将我拥入怀中说："可怜的孩子，其实妈妈也不想让你走。"

你在我的心里过期居留

八

我们之间的缘分，纵然再努力，也仅仅是遗憾地擦肩而过

转学到乡下的那所小学校是在那年五月。

宋云翳，请原谅我临走的那一天没有跟你告别。

我拖着行李，路过你们班门口的时候，看见你正坐在座位上专心致志地对付一张卷子，而锅盖正蹲在门口耐心地等着你。

它看见我的时候本来想扑上来，可是我却对它做了一个蹲下的手势，于是它便乖乖地趴在了原地。

我一生中曾经坐过两次火车，一次是北上的1517号，一次是如今的432号，两次旅行，一次将我带入了你的世界，一次让我远离了你。

而这几年的时光，那么短，那么短，短暂到还没来得及好好喜欢你。

亲爱的宋云翳，我本以为我们之间还有很多时光要一起走过，可是我错了。直到现在我才明白，王子之所以令人向往，是因为在一个王国里面王子只有一个，而灰姑娘却有很多很多。就算故事里真的会有王子最终和灰姑娘走到一起的美好结局，我也断然不会是最幸运的那一个。

宋云翳，我们之间的缘分，纵然再努力，也仅仅是遗憾地擦肩而过。

亲爱的宋云翳，如果有一天，锅盖突然想起了我，请你告诉它，原谅一个名叫周蓝月的女孩，曾经狠心地将它抛弃过。

蜘蛛网有两个秘密

你在我的心里过期居留

一、屏保密码

我叫麦田。

爸爸给我取这个名字,是因为老家乡下那一望无际的原野,我的爷爷奶奶住在那里。但是,他们不喜欢女孩,所以我从来没去过他们家。我生来就是这样一个人,别人喜欢我,我就喜欢他,别人不喜欢我,我也瞧不上他。

程无端这家伙是个例外。

我每天中午都会趴在走廊四楼的窗口,看他和他的小伙伴们在楼下的小花园里会餐;看他将饭盒里的菜叶一根根地挑出来,在石桌上摆成一排;看他偷吃了同学藏在泡面下面的卤蛋,还拍照发微博——成功窃取张一凡卤蛋,第37枚!

我笑笑地关掉关注了他微博的手机,抬起头来佯装无事地看向远方。此时,吃饭速度总是很快的程无端已经率先上楼,在一旁的洗刷间里刷好了蓝色的塑料饭盒,大步流星地从我身边经过。

捏着饭盒的他在我脑袋上"咚"地敲一下:"又不吃午饭啊,周麦田,都告诉过你啦,没用的,你这是婴儿肥,属于基因不好,永远也变不成长腿美眉的!"

我狠狠地剜他一眼:"用你管!"

然后,他便吹着口哨钻到教室里面去了。

我蹑手蹑脚地走到楼梯拐角处,四下张望确认无人后,悄悄从口袋里掏出一块口香糖丢进了嘴巴里,妄图用咀嚼的动作来欺骗那"咕咕"作响的肚子。

蜘蛛网有两个秘密

我偷偷喜欢程无端87天，体重轻了3公斤，早就买好的连衣裙还是穿不下，楼下的玉兰花依然没有开。我学着程无端的样子，仰起头来吹了一声口哨，我看见隐藏在楼板下面的那只花蜘蛛又长大了些，而它精心编织的蛛网上多了另一只蚊虫的躯壳。

对于程无端，我也在精心地编织着一张大网。

我不美，我看得清自己，但我可以多才多艺，于是，我报了美术班、音乐班，甚至体育特长班，但每一个都坚持不了两星期。

对了，对了，我还在学校举行的朗诵比赛上朗诵过一首诗歌呢。

锦瑟无端五十弦，一弦一柱思华年……

我朗诵这首诗的时候，看台下，躲在角落里的程无端在用手机和其他伙伴联网玩一款射击类的游戏，有人不小心开启了音效，"砰"的一声枪响，朗诵声戛然而止我像是死在了原地。

他难道没听出来，我把他的名字隐藏在了诗句里吗，他的心到底有多大？

于是，那时的我，脑袋一热，直接从演讲台上冲了下来，直接抓起他的手机丢到窗外去了。要知道，那可是三楼啊，只听啪的一声，世界变得好安静。

那一次，一脸震惊的程无端跑下楼，捡回了手机的"尸体"。

礼堂外，他摊开修长的双手，将"尸体"呈现在我的面前，说："怎么办吧周麦田，好歹我们同学半年，你怎么忍心这么摧残我！"

我歪着脑袋看着他笑，我希望他能发现今天我涂了樱桃红色的唇彩，可是他紧皱的眉头，一直痛苦地盯着零部件的眼神分明没有在意我。

于是，我低下头来，伸出一根手指，把零部件轻轻地扒开，露出

了他左手掌心的纹路。

我说:"程无端,我会看手相的哦,呀,你命里注定有我呢。"

我为我灵机一动的表白方式暗暗喝彩,我从未发现自己原来可以这么有才。

他猛地伸出手来:"别转移话题,周麦田,怎么办吧?"

然后,他便贼眉鼠眼地瞄向我口袋里凸出来的新手机了。

我猛地捂住。

于是,他那群从来没把我当成过女生的死党便一下子冲上前来架起了我的双臂,我不停地大喊大叫。可是,毫不怜香惜玉的程无端,最终还是伸出两根手指,把那部新手机从我口袋里缓缓地钳了出来。

"锁屏密码?"

端详着手机的程无端命令似的对我说。

我抬起头,仰着下巴恶狠狠地与他对视。

"快说啊!"

我依然保持着这个姿势。

"说不说?"

程无端作势要把手机丢出去。

于是,我冷冷一笑:"你生日。要不要试试看?"

身边的男生们早已欢呼雀跃,仿佛周麦田喜欢程无端是件多么荒唐的事情。

"试试啊,程无端!""怎么啊,怕了啊!"他们你一句我一句地激将,而我依然恶狠狠地盯着他。

接着,程无端便令人失望地退却了。他将手机重新递到我手中,摸着后脑勺一脸尴尬:"开什么玩笑啊,周麦田,反正我那手机早就该换了,还得感谢你给我找了个理由呢!"

说话间,他已跟其他几人打闹推搡着离开了我的视线。

而紧紧握着手机的我还木木地站在原地,我看见一滴透明的液体落到了黑色的屏幕上,我按下锁屏键,输入程无端的生日,屏幕便"唰"的一下打开了。

二、战斗力为负数

程无端第93次偷吃张一凡卤蛋时,窗外的玉兰花开了,楼板下的蜘蛛已经长成了一个球,而我依然没有瘦到可以塞进那条漂亮连衣裙的地步。

这不重要。

重要的是,礼堂外面的那一幕,他全然当作没发生过,居然将偷来的第93枚卤蛋,丢进了坐在他身旁的一位名叫赵小惹的女孩的碗里。我连忙把目光收回,不敢再去看楼下发生的一切。我听见楼下传来了男生们嘈杂的嬉闹,紧紧地捂住了自己的双耳。不用去想,刚才程无端借花献佛的一幕肯定被其他男孩发现了,要不,此刻为什么那么多声音都在起哄:"在一起,在一起,在一起!"

其实,我早就预感到你会喜欢赵小惹啦,毕竟像她这种校花级的人物不被人注意都难,更何况她的网球打得那么好,在网球兴趣班里只有她能跟四肢修长的程无端平分秋色。这一点,我不恨她,我恨的是她那怎么吃也吃不胖的身材。

某个雨天,我曾亲眼看到穿堂风将蜘蛛的蛛网一次次刮坏,那只执着的蜘蛛又一次次将其织好。

想来，是那只蜘蛛给了我力量和信念，我才没那么容易放弃。

于是，在某个下午，我便扛着自己购买的装备加入了网球社。

身为社长的程无端第一反应就是想要把我轰出去，可是，他不知道我用省下来的午饭钱赞助了体育系好多器材，而这一次，体育系系主任一反常态地接收了我。前几次，我妄图加入网球社时，他曾断言，就我的身材来看，不可能在网球方面有什么成就的，当时他还大言不惭地推荐我去练铁饼。而这一次，我不但慷慨赞助，还自降身份，告诉他自己愿意到网球社当球童。

当赵小惹击出的网球第一次重重地砸在我脑袋上时，我恍然醒悟，有些时候墙脚也不是好挖的。

那一记扣杀十分有力，"咚"的一声过后，等我从地上爬起来去找球时，很多人已经笑得前仰后合。我的第一反应就是朝着对面的程无端看去，好在程无端还算有良心，并没有跟着起哄。

那一次，程无端用用来敷脚的冰袋敷了我的脸，我用一只眼从他肩膀与下巴的夹角看过去，我看见他身后穿着白色短裙的赵小惹一脸怨愤。

赵小惹怨恨我是有原因的，校园里，我喜欢程无端已经不算是个秘密了。而她，也未曾与程无端正式确立关系，这种处境的女孩，很容易把周围所有的女孩当成敌人，才不管对方到底是不是战斗力为负数。

"都说你有病啦，周麦田，你以为球童是好当的吗！"

见我有些花痴，程无端一边站起身来，一边漫不经心地将冰袋丢到我手中："自己弄吧，要不然明天肯定熊猫眼！"

不等我反应过来，他已捡起我脚边那只罪恶的网球，重新走向球场。

那一场比赛赵小惹输得很惨，这在以前是从来没有过的事情，虽

蜘蛛网有两个秘密

然以前程无端也经常赢得比赛，但为了顾及赵小惹的面子，大都是以小比分取胜。我不知道程无端那是不是在为我报仇，我也不敢去想他这样做的初衷到底是因为可怜我，还是因为有那么一点儿喜欢我。

望着惨败后任性地将球拍扔在地上，蜷缩在球场角落捂着脸哭泣的赵小惹，程无端头也不回地离开了操场。我没想到的是，跑过去安慰赵小惹的居然会是张一凡，我在心底暗骂，这家伙也太没原则了，她吃了你的卤蛋欤。

捂着眼睛站在原地的我突然有些纠结，虽然心里为程无端替自己出头欣喜不已，可为什么看着将脑袋埋在臂弯里哭泣的赵小惹时，还是有些同情呢？

我缓缓地走向前去，站在张一凡的背后自以为是大大咧咧地安慰赵小惹。

我说："没事的，赵小惹，你今天只是发挥不好，胜败乃兵家常事！"

赵小惹的哭声一下子顿住，猛地抬起头看看向我，那一眼像是喷射出了一万枚淬了剧毒的冰针，扎得我浑身发凉。然后，她一把推开张一凡，将我撞了一个趔趄后，快速朝着程无端消失的方向追去。

操场边的榕树下，懊恼的赵小惹一下子抓住程无端的肩膀，将他的身子扳过来，一边指向我和张一凡的方向，一边大声地向程无端质问着什么。可惜，距离太远，知了的聒噪声又太大，我根本听不清楚，我只隐约听到了身后张一凡发出的长长的叹息声。彼时，他已经颓然地坐在了炽热的水泥地上，嘴角的笑容是那样自卑和无奈。

我定定地看着树下的两个人，我看见程无端好不容易才摆脱了赵小惹的纠缠，而且，这个家伙为了甩开她，居然跑进了不远处的男厕所。我记得小时候，幼儿园里抢我糖吃的小男孩就是这么干的。

三、116路公交车流血事件

我不确定程无端是不是像表面上那样讨厌赵小惹,既然表现得很厌烦,又干吗帮她偷卤蛋啊?我只确定程无端确实像表面上那样讨厌我,他时时刻刻跟我作对,虽然回家时坐同一辆公交车,但是耳朵里塞着耳机的他从来都没给我让过座。

有一次,他甚至抢了我的座。

那时的他,三天前刚刚取得了校网球比赛的第二名。

对于赛场上他故意将冠军让给赵小惹的做法,我心中充满了看法,枉我给他捡了那么多次球,在此之前,我还傻傻地以为那次他为难赵小惹真是为了我。看样子,他最终还是脱不了英雄难过美人关的俗。

所以,那几天,从来都是等他一起坐车回家的我,放学后总是率先冲出校门,独自坐上公交车。

某一天,公交车快要发动时,程无端才从远处一瘸一拐地跑着上了车,站在车厢里四处巡视一番后,看到了倒数第二排的我。然后,他又一瘸一拐地走到我面前,话都不说一句,就像拎小鸡一样将我拎了起来,接着,一屁股坐在了原本属于我的位置上。

于是,我就恼了,伸出脚来踢他小腿。

那一下踢得他哇哇乱叫,定睛看时,我不禁倒抽一口凉气,被我踢过的小腿处,有鲜血正从黑色的裤管中"滴答滴答"地流下来,不一会儿就已经在他脚下汇成了小小的一摊。

"呀,程无端,你……"

我一下子慌了神,而他却一脸无奈,一边让我小声点儿,一边指了指我的外套:"脱下来!"

整个车子上,我是唯一在这样闷热的季节里还穿外套的家伙,为的是隐藏住那肉乎乎的胳膊,我敢断定,这世界上没有一个人像我这般讨厌夏天。

我被突如其来的流血事件弄蒙了,居然很听话地脱下外套,递到了他手中,我想,他一定是要用校服紧紧地缠住伤口,很多美国枪战片里那些孤胆英雄就是这样干的。要不然,按现在的流血法,不一会儿,他就会变成一只葡萄干。

然而,拿到了我外套的程无端却没有这样做,他居然将我的外套举过头顶,欢呼雀跃起来,与此同时,他那几个早就隐藏在乘客中的死党弟兄纷纷掏出手机,起着哄对我拍照。

"都说了,打赌你们肯定输的,谁说周麦田永远不可能脱下外套!"

我定定地看着一脸骄傲的程无端,看他从裤管里掏出了一个自制"血包",邀功般的举到我的面前。

眼泪,无声无息地滑落。

我是那样担心他,心疼他,他却利用我对他的关心,当着那么多人的面羞辱我。

看我流泪,程无端似乎一下子也慌了,连忙站起身想要安慰我。可是,我却转头,夺过外套快速地向前跑去。

如果那一天116路的司机能够看到这篇文章,请您原谅那个名叫周麦田的女孩吧,我知道公交车不到站是不能随便停的,我也不该大声哭闹迫使你停车。可是,请您谅解我处境的尴尬,满车的笑声是那样刺耳,还有些婴儿肥的周麦田是那样无地自容。

一阵尖锐的刹车声过后,我和程无端一前一后地下了车。

我埋头向前,一次又一次地甩开他的手,就像上一次他在树下甩开赵小惹一样。

我听见他苍白无力地跟我解释:"我们没有恶意的周麦田,我跟他们打赌你的胳膊并不是很粗壮,我讨厌他们在背后叫你周小墩,你应该有自信才对,我不愿意自己的朋友被别人奚落……"

"呵呵,你倒是愿意自己亲自奚落!"

我猛地停住脚步,看他的眼神恨不得将他吃了。

他向前一步,一副任凭我处置的样子。

我脑袋"嗡"的一下,高高地扬起了"粗壮"的手臂,好多年来的委屈、不甘、悲伤彼时彼刻仿佛都凝聚在了那条胳膊上。

可是,等拳头落到他肩膀上时,却是那样轻微。

过往的一幕幕再次浮现在眼前,我忽然笑出了声音,却笑得那样寂寞,那样悲凉。

是啊,周麦田早就该看清自己的,就算再努力,也都是东施效颦,永远不可能真正赢得他的关心的。如今,他看起来这般低声下气,还不是因为道义上有些过不去。我跟他,也许,仅此而已。

我的死党顾婷婷曾告诉我,像程无端这样的男孩,是不可能真心喜欢一个女孩的,至少现在不会。他还年轻,还没有玩够,才不会亲手给自己塑造一个牢笼,隔绝了外面的花花世界。

现在看来,的确是这样的,他不喜欢赵小惹,他奚落我,他跟很多女孩若即若离,关系仅停留在传言的层面。

他是一个尚未长大的男孩。

而他,从来都不缺少我这样一个貌不惊人的女孩的赞美与关心。

望着他背后刺眼的夕阳光芒，长叹一口气的我突然觉得自己好可悲。我不知道此刻过后，我会像以前一样对他死缠烂打，还是淡薄如同陌路。我只听到自己内心深处某个东西裂了一条缝，恐怕，再也无法愈合。

我说："再见吧，程无端，我没有怪你！"

然后，转过头，妄图将他甩开。

然而，那一刻，令我万万没想到的事情发生了，这个做事从来没有分寸的家伙居然冲上前来，一下子从后面抱住了我，不让我走。

他说："我承认自己刚才有些出格了，周麦田，但是你必须得原谅我，你必须得保证，以后我们还跟以前一样是朋友！"

"求你了，周麦田，不要走！"

我轻轻地推开他的手，有那么一刻，我甚至有些感动了。

然而，他接下来的一句话，却又让我一下子坠入谷底。

他说："其实，你也没想象中的那么多肉啊，没必要那么自卑的。"

什么叫没想象中的那么多肉啊，他的想象中，我到底是有多少肉。

我举起团成一团的外套狠狠地掷向他，我说："滚！"

……

直到很久以后，我才在一次同学聚会上，从张一凡口中听说，其实那一次打赌没么简单的。

因为那个赌，是他跟赵小惹打的。而那个"歹毒"的计划，也是赵小惹早就想好的，甚至那个红墨水做成的"血包"也是她精心准备的。她本想让程无端将那些墨水泼到我的校服上，逼迫我脱下外套，当众展现自己的"肌肉"，以此来奚落我。后来，是程无端稍微改变

了计划,才最终没有让我变成一只红色落汤鸡。

这个阴谋,她谋划了整整三天。

而且时机也选择得那样恰到好处,彼时的我正生着程无端"让球"的气,很容易火上浇油!

后来知道了真相的我,是那样悲伤,那样绝望,却又那样无助。

时间是个很可怕的东西,它就那样静静地流淌,漂浮在这条长河上的我们,终究还是在某个支流分道扬镳,某一天回头,很多原本美丽的风景早已湮没,很多本来可以完满的情感,如今,早已经于事无补。

四、我的青春小鸟一去不回来

我决定"痛恨"程无端了!

这一招也是死党顾婷婷教给我的,她说,这叫欲擒故纵,是最厉害也是最危险的一招。他若真的在乎你,肯定会低三下四地求你原谅;他若根本就不关心你,那就如同一只打开笼子的小鸟,"呼啦"一声,永不回头地飞走了!

好在,从小就被打击惯了的我心态已经平和了很多。

最坏的结果无外乎像歌词里唱的那样——我的青春小鸟一去不回来。

不回来,也只能证明,被强行关在笼子里的他本来就不该属于我。

所以,那些天,我再也没有去过网球社,再也没有趴在窗台上偷看楼下的程无端,甚至跟他打照面时,也是低下头来,一脸铁青,装作没有看见。

我以为我的小鸟能经受住考验的,而事实证明,我的小鸟三天后就飞入了别人的怀抱,消息从很多人的口中传来——"知不知道啊,程无端跟赵小惹确定关系了,本来嘛,郎才女貌!不像班上的某些人,呵呵,那个寓言叫什么来着……"

我紧紧地捂上了自己的耳朵。

不愿去听,不愿去问,不愿去想。

我本以为我会爆发,但没想到自己在最后的时刻居然能像一堆死灰那样冷静。

然而,我不爆发,却有人爆发了。

坐在我身后一排的张一凡,抱起一大摞书本,一下子跳到了课桌上,然后重重地掷在了地上,发出了巨大的声响:"都闭嘴吧你们,在背后说人坏话有意思吗?"

其实,那句话张一凡说错了,她们根本就不是在背后说人坏话,而是当着人家面说坏话,还怕人家听不清。

我想,我将永远记得张一凡跳下桌来蹲在我面前捡起书本时的表情,他的神情是那样落寞,不经意与我对视的时候,眼神里还有满满的怨毒,就好像,这一切都是因我而起。

想来,他为我出头,也是后来我能够跟这家伙成为朋友的原因吧。

他一边将书本重新放好,一边自言自语地嘟囔:"不就脱件外套吗,有什么了不起的,如果真的喜欢他,又何必弄成现在这样。"

当时,我想反问他的是,如果真的喜欢我,怎能容忍自己喜欢的女孩,当着那么多人的面出丑。

他怎么不去想一想,我为什么大热天还要把自己包得像个粽子,还不是不愿听见别人说他程无端的朋友怎样怎样,还不是不愿意给他丢脸。

彼时的我已懒得去说。

那一天,"心灵大师"顾婷婷给我看了一篇摘录在她日记本里的小文章,我看完那篇文章后,跑到楼道夹角处捂着嘴巴哭了个昏天暗地,我看见那只蜘蛛不见了,只留下破了好多洞的蛛网在扑面而来的穿堂风中飘摇。

我哭过之后就好了,擦干了眼泪。

又有什么好惋惜的呢,既然,我从未曾得到过。

顾婷婷日记里的小故事是这样说的:早上,一个女孩推开房门,发现门口居然有条死鱼,她觉得非常晦气,把它装到垃圾袋扔掉了;第二天,又有一条鱼躺在门口,她还是把鱼扔了。为了抓住那个恶作剧的人,第三天,她选择待在不远处的楼梯口盯着。不久,一只猫走了过来,把嘴里的鱼放在门口,有些不舍地走掉了。她看着那条鱼,猛然间想起了自己曾经救过的那只猫……

——也许你不喜欢,可是,它已经给了你它认为最好的东西。

我抬起头来看着那只破败的蛛网,我学着猫的样子,猫的动作,对着它轻轻地叫了一声。

"喵呜——"

我说,再见吧,蛛网。

虽然我曾小心翼翼,一丝丝编织。

我不后悔自己曾那么费尽心思,如履薄冰,最终还是一步步走到了现在的境地。

我后悔的是,不该寄希望于这张脆弱的蛛网,还指望它能捕获一个名叫未来的东西。

三、两个秘密

2015年初春，我穿着多年前那套款式老土的连衣裙，参加了张一凡组织的小规模同学聚会。

那一次，程无端没有来。

据说，半年前他已经跟赵小惹分手了，原因是他结识了另外一个像假小子一样的女孩。

他不来也好，他若参加，我还真不知道自己该以什么样的姿态面对。当然，赵小惹也没有来。赵小惹没来，是因为张一凡根本就没有邀请她。

席间，几个人开玩笑说张一凡根本就不敢邀请赵小惹，因为他心里到现在一直都还没有将她放下。

"怎么回事，张一凡喜欢赵小惹？"

忍不住喷了一口饮料的我，一脸震惊地看着程无端曾经的那群死党。这下轮到他们惊讶了："怎么，你不知道吗？一开始程无端还三番五次地撮合他们俩呢，不知道帮赵小惹偷了张一凡多少颗卤蛋。"

话音未落，一群人恶作剧般异口同声地喊道："吃了张一凡的卤蛋，就是张一凡的人！"

我大口大口地灌着饮料，往事一幕幕再次迅速地闪现在眼前：楼下，一个调皮的大男孩将朋友的卤蛋夹给了一个女孩，然后带头喊起了看起来有些浑蛋的口号。而四楼某个窗口一直偷看着这一切的女孩，却紧紧地捂住了耳朵。

某个无人的角落里，一个名叫程无端的男孩跟另一个男孩达成了

协议，网球比赛的时候，他一定会让赵小惹取胜。因为那个男孩早就准备好了为她庆功的小型派对，他毕其功于一役，打算这次彻底将她感动。

可是，多年后的张一凡却告诉我，后来的事情根本就没有像计划中那样顺利地发展。

当他和程无端将庆功派对的事情告诉赵小惹后，赵小惹索性在他们面前摊牌，说她喜欢程无端。

无奈之下，程无端也只好一不做二不休，说自己喜欢的女孩另有其人。

然而，从小家境优渥被父母惯大了的赵小惹才不会乖乖认输。

她列举了好多自己曾为程无端做的事情，并且特别提到了那次在网球场上程无端当着那么多人的面奚落她，就算被奚落后她也没有记恨他，依然喜欢着他。

她说，这个世界上若有一个女孩能像她这般委曲求全，就甘愿退出，以后跟他再无瓜葛。

若不然，别怪她死缠烂打。

无奈，程无端不得不应下了那个赌约。

他们约定，三天为限，我若能像赵小惹一般大度地原谅程无端，她就放弃。

若不然，就与她在一起。

赵小惹用了整整三天才想出了那个损招，同为女生，她知道哪里是我的痛处。

于是，三天后，程无端利用我的关心，用那个奇怪的方法奚落了我。难过的是，彼时的程无端是那样相信我，他相信被他奚落的周麦田，才不会是打开笼门忽而就不见的青鸟。

事到如今，我依然记得他从背后抱住我时，满脸的乞求。

他说："求你了，周麦田，不要走！"

冰冷的液体顺颊而下，一如多年前的那个初春，我背了一首诗，我把一部手机丢下了三楼。

事到如今，我已不愿去追问当年程无端明明喜欢我，为什么还要表现出一副满不在乎的样子了。

少年时，那些古灵精怪的鬼心思，又有多少人能够切身理解呢？

也许，当我告诉他我手机密码就是他生日的时候，他真的没有喜欢我。

后来，猛然的一个瞬间，他才看我顺眼，才被我感动。

又或者，他也是玩起了顾婷婷的那招欲擒故纵吧。

如果时间倒回再来一次，我想，我依然还会选择这样不清不楚的朦朦胧胧。就像是透过布满雾气的窗户看向外面的世界，你期待着、担心着、失落着，永远不知，手捧鲜花的男孩，何时才会走到你的楼下。

华灯初上的街道上，在张一凡几个人的怂恿下，醉意朦胧的我借着酒胆给程无端打了一个电话。

我试探了许久，才断断续续地将那个问题问出口。

我说："程无端，你还喜欢我吗？"

长时间的沉默过后，电话那头的他这样回答我。

他说："请原谅，这个问题，我不能回答。"

然后，我便笑了，我笑着挂掉了电话。

是的，程无端，我感谢你最后的仁慈。我那个酒后的问题是有些无厘头了，就像当初你无厘头地搞怪奚落我。

你该怎么回答?

回答依然喜欢吗?

那样置你现在的女友于何地,既然我们早已回不去;回答早就已经放下了吗?你知道,既然我问出了这样的问题,若得到否定的回答,就一定会伤心。

好吧,程无端,一报还一报,你曾无厘头地整蛊了我,现在我无厘头地为难了你,我们最终还是打平了!

最美的故事

在回忆里待续

一

她的样子很迷人，很好看，我当时就觉得有她这样一位妈妈可真是你的福气，她可真坚强，真优雅。

陆臣安，还记得我与你第一次见面时的情形吗？

现在想来，也许正是因为初次见面的时候，我们就处于敌对的状态，所以后来我们之间的路途才会变得那么坎坷吧。

事到如今我还依然记得那年夏天，我们一家搬进原来属于你们家的小别墅时的情形。

你抱着一只表情恹恹的加菲猫，低头跟在妈妈的屁股后面出门，从门前的台阶上向下走去，我跟在一大队搬家人员的身后，抱着一只巨大的毛毛熊玩具，好奇地看了你一眼。

在与我擦身而过的那一刻，我们两个人的肩膀不小心撞到了一起。

你抬起头来恶狠狠地看了我一眼，眼神中尽是"鸠占鹊巢"的恨意，而那时的我还傻傻地对你笑了一下。

是的，陆臣安，那时候我爸爸是买了你们家的房子，可是，将你和你妈妈赶出房门的并不是我们，而是你爸爸的债主。

当年，你爸爸是江北有名的民营企业家，可是，后来由于经营不善等原因，连年亏损，为了挽回颓势，他甚至将你们家的别墅抵押，向银行贷了一大笔款，但是时运不济，恰恰赶上了那场席卷全球的金融危机，所以银行收了你家的房子，拍卖给了我爸爸。而你，却把这一切仇恨全都算在了我家人的身上，也许这跟你爸爸的自杀有关。

那一年，他躺在江北小站附近的一段铁轨上，被那辆时速仅有100

公里的小火车，带到了再也回不来的远方。

你站在我的身边定定地看着我，我站在你的身边歪着脑袋看着你。

接着，你那哭红了双眼的妈妈便上前一步，摸了摸你毛茸茸的小脑袋对你说："陆臣安，男子汉不能哭，我们走吧。"

我记得清清楚楚，你妈妈唤你的时候是叫了你的全名的，当时我还觉得真洋气。

你的嘴巴撇了撇，泪水在眼眶里转了几下，最终乖乖地跟着妈妈走出了小院。

但是，你们并没有走远，因为那座小别墅的院墙外面就是当年你家的老房子，房子虽然已经破败得不能住人了，可是院子里还放着一辆白色的中巴车。据说你爸爸在事业如日中天的时候，那辆中巴车是专门用来接待来宾的，报废了以后，便停在了那里。你爸爸本想着等自己的厂子起死回生以后，把那所老房子也改建成一座别墅送给你的，可是，他却再也没有这个机会了。

彼时的江北镇到处都在大兴土木，站在小别墅二楼的阳台上向着东方远远眺望，能看见一架架此起彼伏的塔吊。

我抱着毛毛熊，向前几步，站在阳台边缘俯下身去，于是便看见围墙另一面的你了。

那时候，你妈妈已经着手将那辆报废的中巴车改成了一间可以供两个人居住的小房子。

其实，那时的她是有一定的积蓄的，她本来可以用这些积蓄买一套小一点儿的房子，可是她没有，她把所有的钱留给了你，她发誓要让你像其他小朋友一样，吃最好的食物，上最好的学校。

而此刻，她正抓着院子里的一根水管，帮你洗澡。

你在我的心里过期居留

你的身体很瘦,一丝不挂地站在妈妈的身旁,滑溜溜的小屁股甚至反着光,她在你的脑袋上搓满了泡沫,偶尔还会举起手,仰起头,对着明媚的阳光将黏在指尖的泡沫吹向空中。

她的样子很迷人,很好看,我当时就觉得有她这样一位妈妈可真是你的福气,她可真坚强,真优雅。

五彩的泡沫迎风飘舞,空气里满是淡淡的柠檬味道。

那只原本趴在草地里打盹的肥猫,不小心被水管冲到了脑袋,于是它便猛地睁开了双眼,使劲地甩了甩脑袋,它的耳朵碰撞在脑袋上的时候,还会发出"吧嗒吧嗒"的声响。

那一刻,我突然觉得爸爸选择的这个地方,真好。

二

她接过我手中的礼物,摸了摸我的脑袋,笑着对我说:"小姑娘,你真好看。"

陆臣安,你第一次把我弄哭,是在我们搬到你家后的第四天。

那一天傍晚,你偷偷地越过墙头,从窗户爬到了我的房间,用半桶蓝色油漆,涂花了我最心爱的毛毛熊。

我进门的时候,还看见你正撅着屁股,用油漆刷毛熊的肚皮呢。

也许是被你吓着了,那一刻,我居然忘记了哭喊,只那样静静地站在原地,眼睁睁地看你完成接下来的一系列动作。当然,这期间你也看见了我,你抬起头来漫不经心地看了我一眼,眼神中全是蔑视,根本就不拿我当一盘菜。直到你将整只毛毛熊全都涂成了蓝色,才提着那只油漆桶从窗户上翻了下去。

你翻到窗户外面的时候，甚至没忘记特"绅士"地为我关上窗。

我定定地看着床上那面目全非的毛毛熊，以及沾满了油漆的床单，许久，才"哇"的一声大哭起来。

那一次，虽然我没有向爸爸告密，但是，他看了看窗外你们家那辆被涂成了蓝色的中巴车，又看了看我房间里的毛毛熊，还是一下子就想到了是你干的。

可是，他并没有怪你。

他只是在我身前轻轻地蹲下来，然后循循善诱地对我说："锦歌不是一直都想要交新朋友吗，那就跟陆臣安做朋友好不好？你们做了朋友，他一定就不会再欺负你了。"

那一天，我虽然满心委屈，但最后，还是在爸爸面前重重地点了点头。

我第一次去你家，是在第二天的上午。

当我抱着爸爸精心为你准备的变形金刚玩具出现在你们家的时候，你和你妈妈正在用小铲子在汽车的周围挖坑种蔷薇，后来你妈妈对我说，等到蔷薇长出来的时候，就会爬满汽车，开出红白两色好看的花朵，不但美观，还可以遮挡阳光，那样，你们的小房子里就不会那么热了，陆臣安就不用光屁股了。

我轻轻地向前一步，试探着将那个变形金刚玩具举到你的面前，按照爸爸事先交代好的话对你说："陆臣安，这个礼物送给你，我想和你做朋友，爸爸说明天我就要去幼儿园了，我不认识路，希望你能带着我，我走得很快，绝对不会拖你后腿。"

当时我的心情特别紧张，一口气把话说完，然后如释重负般地重重地叹了一口气，乞求般的看着你。

果不其然，你冷冷地看了我一眼，重新撅起屁股挖起坑来。

倒是你的妈妈特别和蔼，她接过我手中的礼物，摸了摸我的脑袋，笑着对我说："小姑娘，你真好看。"

她说："放心吧，明天臣安哥哥会带你去上学的，明天咱就打扮得漂漂亮亮的，然后背着小书包在门口等哥哥好不好？"

那一天，你妈妈在环视了一周，发现并没有什么合适的礼物可以回赠给我之后，从自己的手上摘下那串漂亮的黄水晶手链，戴到了我的手腕上，我的手腕那么细，要不时地拉一拉，它才不会掉下来。

她说："锦歌啊，其实陆臣安不可怕。"

结果，第二天，我便按照约定好的，穿了粉红色的小皮鞋，白色的连衣裙，站在你家门口等你。

那时候，你脸上依旧冷冷的，径直从我身边走过，在走出去十几步远之后，突然又回过头来对着我恶狠狠地命令道："还不走！"

我远远地跟在你的身后，从来不敢靠近。

可是这一跟，就整整跟了十五年。

这十五年期间，在幼儿园里，你上大班，我上小班；在小学里，你上三年级，我上一年级；在高中，你上高三，我上高一；在大学，你上大三，我上大一。

这十五年里，当初你和妈妈一起种下的蔷薇已经长出了繁复枝叶，爬满了那辆油漆斑驳的小汽车，每到春天，它们就会开出好看的花朵，站在露台上看向那辆小汽车的时候，我甚至能够听见自己的心破壳而出的声响。

这十五年里，我爸爸为你妈妈在他的工厂里安排了一份相对轻松的工作，后来，她用赚来的钱改造了你们家的老房子，你们搬出了那辆已经严重腐朽的汽车。

这十五年里,我一直静静地跟在你的身后,我总是看着你那如同禾苗拔节般飞速长高的背影,一遍遍地在心中默默地乞求你:陆臣安,你的脚步能不能慢一点儿?

但这一切都不重要,重要的是,这十五年里,你还喜欢上了一个姑娘。

她的名字叫作程堇,与我截然不同的是,你第一次看见她的时候,就喜欢上了她。

三

因为担心自己说了谎话鼻子会长长,那几天,我每天都会照好几遍镜子,有时候甚至担心到失眠

在那一年的高考中,我又像以往一样,固执地填报了你所在的那所学校。

我拖着自己的行李,坐了将近一个小时的公交车去大学报到的时候,还是你负责接待的我。

你穿了一件白色的长袖衬衣,嘴角撇了一下,冷冷地看了我一眼,然后对我说:"你怎么又来了?"

知道吗,陆臣安,其实你说那句话的时候我挺难过的,你干吗要用"又"那个字呀,就好像我多让你厌烦似的。

我也就是那时候认识程堇的,当时,你正扛着我的行李,带我一起上女生宿舍楼,结果她就迎面走过来了。

她站在你的面前,挡住你的去路,故意用一种嫉妒的口吻,看了

看乖乖跟在你身后的我，对你说："哟，陆臣安，够殷勤的啊？"

"喊。"

你冷笑了一下，我不知道你的那句"喊"到底是什么意思。

接着，程堇便拍了拍你的肩膀走了下来，在经过我身边的时候，她突然又笑了起来，用一种异常爽朗的声音，开玩笑似的对我说道："不要多想哦，小师妹，陆臣安是我的，而且，她不喜欢你这种乖乖女！"

她的身上有浓浓的香水味，我不喜欢。

但是，我还是对她微微笑了一下，以示礼貌。可是，她对我说的那句话我却不赞同，什么叫陆臣安是她的呀，我跟你从小就在一起，整整十多年了，怎么你一下子就变成她的了？

空无一人的宿舍里，你将我的行李重重地砸在床上，然后上前一步拉开了窗帘。

我也上前一步，站在你的身边看向远处绿油油的足球场，尽量以一种漫不经心的语气问你："陆臣安，刚才那女生说你是她的，是什么意思啊？"

那一次，你没有正面回答我的问题，而是冷冷地回了句："用你管。"

虽然你不曾告诉我你与程堇到底是什么关系，但不久之后，我就知道你们两个是男女朋友了，要怪就怪你和程堇两个人都太不低调了，谈个恋爱，都能成为学校的热门话题。

同宿舍的一个小女孩有点儿八卦，她在一次"卧谈会"中对我们说，其实当初你和程堇是不打不相识，之前程堇有一个好姐妹喜欢你，无奈你这人从小傲娇惯了，根本就没把她放在眼里。于是，身为大姐大的程堇就决定为那个小姐妹出气，便带领一大群女生在某个路口"袭击"了你。结果，那群女生调侃奚落你的时候，你比较有风度，任凭她们百般刁难，却不还口，于是程堇便喜欢上你了。为此，她甚至不惜与其他姐妹闹翻，脱离了组织。

她说这话的时候，我还有点儿不相信。

结果几天以后，当我端着饭盒去食堂打饭时，在食堂附近的墙角看见程堇被那群女生欺负的时候就不得不信了。

看样子，为首的那个女生，正是当年喜欢你的那个。

她大声地叫嚣着："当初我们几个还是好朋友的时候是怎么说的？现在居然抢朋友的男朋友，你还要不要脸！"

程堇恶狠狠地看着对面的几个女生，冷笑了一下没说话。

她的这个举动更加激怒了那群女生，她们推搡起程堇来。

那一刻，不知道哪来的勇气，从小对你逆来顺受的我，居然大叫一声，一下子冲上前去，朝着那群女生挥舞起了手中的饭盒。

我当时只是在想，她们凭什么欺负人啊，她们凭什么欺负陆臣安喜欢的人啊。

我想你应该知道，陆臣安，从小到大，只要一遇见跟你有关的事情，我的脑子就不够用。

如你所见，陆臣安，那一次我没能帮上程堇的忙，所以，当你在医院里面看到自己面前那两个挂了彩的女孩的时候，脸上才会这般无奈吧。

你一边将剥好的橘子掰成瓣轻轻地喂到程堇的口中，一边将另一只完整的橘子丢到了我的床上，然后没好气地对程堇说："程堇，你有毛病啊，是不是周锦歌又得罪什么人了，你上前帮忙才被打成这样的？她从小就爱惹事，以后你少管！"

程堇的嘴巴肿得老高，还塞着橘子，想跟你解释，却只发出一阵"呜呜哇哇"的声音。

我勉强笑了一下，眼泪差点儿就掉下来了。

陆臣安，你知道自己的那句话有多伤人吗？什么叫我从小就爱惹事啊，我小时候惹的那些事不全都是因为你吗？

七岁那年，你家的大肥猫在明知道自己体态臃肿，活动不便的情况下，居然还爬上了你家门口的那棵大树，想要捉麻雀，于是，上去之后就下不来了，只能躲在树枝上可怜兮兮地对我叫。

后来为了把它弄下来，我打电话报了火警，撒谎说这里发生了火灾。当消防车拉着警报，开到那里以后，才发现根本就不是我说的那样子。

好在那一次，他们虽然无奈，但还是把你家的猫救了下来。也就是因为那一次说谎，我被爸爸关在家里好好地教育了一通。你知道那时候的我有多担心吗，陆安生，那时的我年龄还小，总以为童话里的故事是真的。因为担心自己说了谎话鼻子会长长，那几天，我每天都会照好几遍镜子，有时候甚至担心到失眠。

十一岁那年，你和班上的一群孩子去江里游泳，因为担心如果让我先回家，我会向你妈告状，你破天荒地把我也带了去。

可是那时候的你们玩什么不好啊，居然在水里玩起了溺水游戏。要怪就怪你的演技太好，你在水中胡乱扑腾，双颊涨得绯红的时候，我还以为你真的要淹死了呢，结果完全把自己不会游泳这件事情抛到了九霄云外，一下子跳到了水中，想要将你救起。结果那一次，我在医院里整整躺了一个星期……

诸如此类，林林总总，你仅仅用简单的一句"她从小就爱惹事"来打发，我怎么能够不难过？

好在程堇还算一个诚实的姑娘，她将橘子咽下之后，就向你解释了事情的整个经过。

你愣了一下，低头用眼角余光打量了我一下，最终冷冷地说了句："不自量力！"

我的笑容凝滞在了脸上，我本来还以为你会表扬我的呢，陆臣安。

后来，我和程堇两个人躺在病房里挂着点滴，用同一只大碗往嘴里吸面条的时候，她曾经眨了眨自己的那只乌青的"熊猫眼"对我说："周锦歌，你喜欢他对不对？"

看我不说话，她顿了一下，然后又自顾自地说道："没关系，他对你不好，我对你好！"

知道吗，陆臣安，当那句话从她口中说出来的时候，我的眼泪一下子就掉下来了。

她像你妈一样揉了揉我的脑袋，然后开玩笑似的对我说："哎呀，周锦歌，面条突然变得好咸哦。"

除此之外，她还像一个过来人似的对我说："周锦歌，如果你真的很喜欢很喜欢一个人的话，就大胆地对他说出来吧，管他是不是你好朋友的男朋友呢，真正的朋友就应该坦诚一点儿不是吗？"

说着话，她调皮地耸了耸肩："相信我，这方面我有经验！"

我不知道她对我说那话到底是什么意思，也许她是对自己太有信心，又或者她真的把我当成了朋友。

四

如果你不喜欢她，就请你尊重她，轻轻地抱一抱她的肩膀，对她说别等了……

陆臣安，后来的我用了整整七个月的时间，也没能成功地对你说出那句"我喜欢你"。

因为我始终觉得，你心里是知道我喜欢你的，你又不傻。

如果我小心翼翼，如履薄冰地为你做过那么多，你都视而不见，又怎会因为简简单单的一句话而改变？

那些天，我还是喜欢像小时候一样做你的跟屁虫。

只不过，与小时候不同的是，此时，那个依旧远远地走在我前面的你，已经牵上了另外一个女孩的手。

我远远地跟在你们身后的时候，那些曾经欺负过我和程董的女生会毫不掩饰地对我指指点点。

我清清楚楚地看见她们互相嬉闹着，用恰好能让我听见的声音，讽刺我说："真贱！"

那个"贱"字如同一把尖刀，深深地刺在了我的心上，但我脸上依旧挂着微笑，我记得爸爸曾经告诉过我，别人对你不好的时候，就试着用微笑去面对一切吧，因为你的微笑，能让那些不堪的人或事变得更加渺小，更加无地自容。

走在前面的程董似乎也注意到了身后的情况，我看见她一下子放开了拉着你的手，用一种嗔怪的语气埋怨你说："陆臣安，你别走那么快好不好，看不见锦歌都已经落下了吗？"

你无奈地看了我一眼,最终只能停下脚步来等我。

我朝着你们的方向走去的时候,还听见背后传来那群女生的哄笑。

陆臣安,你知道那时候我多想一下子冲到你的面前,踮起脚在你脸上亲一下吗?我要用自己的实际行动向她们证明,我周锦歌就是光明正大地喜欢你陆臣安,这并不可笑。

可是,我没有。

因为那一刻,我突然感觉到自己有点儿多余,因为我看见你看着程堇的眼神,与看着我的眼神截然相反。

我觉得,我还是消失吧。

于是,我便轻轻地走上前去,在你们的身边拐了一个弯,向着不同的方向走去。

然而,令我万万没有想到的是,那一刻的程堇居然一下子冲上前来,拉住了我的胳膊,将我直直地拽到了你的身边,并且大声地问你:"陆臣安,我想你早就应该知道周锦歌喜欢你,她对你的喜欢,跟我对你的喜欢一样,没有高低之分,请你不要视而不见。如果你不喜欢她,就请你尊重她,轻轻地抱一抱她的肩膀,对她说别等了……"

你微微地愣了一下,一脸不知所措的表情。

你迟疑着向前一步,张了张嘴,正欲开口对我说话的时候,声音却被身后那个曾经追过你的女孩打断了,她的话中全是嘲笑的意味:"哎哟,程堇,挺大度哦,如果你们对陆臣安的喜欢都是一样的话,那么我的呢,哈哈哈!"

说话间,她已经被自己逗得捧腹大笑。

说实话啊,陆臣安,我实在没觉得那句话有什么可笑的,我甚至觉得她对你的喜欢也并不可耻。

可是，性格刚烈的程堇明显不那么认为，因为在那个女生的话音刚刚落下后的下一秒钟，恼羞成怒的她就不顾一切地冲上前去，跟那群女生厮打在了一起。

陆臣安，虽然那一次你没有轻轻地抱一下我的肩膀对我说"别等了"，可是，我还是决定不要再等下去了。

因为那一天的我，又像小时候一样，做了件冲动的傻事。

当程堇跟那群女生扭打在一起，你在旁边不知所措的时候，我像上次一样，一下子冲了上去。那一次，我之所以冲上去，并不只是因为她是你的女朋友，还因为她是我朋友。

我忘记了当时是在人来人往的路边，忘记了那群女生是刚刚从水房方向走过来，忘记了其中一名女生的手里还拎着一壶滚烫的开水。

直到那只暖瓶破碎，滚烫的开水溅到我脸上的时候，我才突然间明白，我再也不能等你了。

阳光凛冽的大马路上，你背着我拼命地向着医院的方向奔跑。

我听见了你沉重的呼吸，我听见了紧紧跟在身旁的程堇的哭声，那还是我第一次看见她哭呢，以前她被那些女生堵在墙角的时候都不曾哭过的。

我想要将自己的下巴轻轻地贴在你的肩膀上，可是我不能，因为我脸上布满了严重的烫伤，轻轻碰触，都会传来剧烈的疼痛。

也许，这正是我们之间的感情吧，只能远远地隔着一段距离，才能不疼，才不会像小时候从你妈妈指尖飞出的肥皂泡一般，"啪"的一声幻灭。

我趴在你的肩膀上，闭上眼睛尽情地呼吸着你发间穿来的熟悉的橙香。

我咳嗽了一声，尽量以一种开心的语气问你说："陆臣安，我又惹事了对不对？"

好在那一次你没有像往常一样责备我，我听见你轻轻地抽了一下鼻子，声音有些哽咽。

你说："周锦歌，你没错。"

是吗，陆臣安，我喜欢你真的没错吗？

五

心中明明不想离开，要怎么跟你告别

陆臣安，我要走了。

我要去韩国了，爸爸对我说，韩国的整容技术是全世界最好的，等我再次出现在你面前的时候，一定会比原来还要好看，还要漂亮。

在此之前，他在医院里看我的时候曾经在一张白纸上画了一串脚印，又在脚印后面画了一个扎了两条小辫的小姑娘。

他用笔头轻轻地点了点那个小姑娘，对我说："小时候的锦歌就是这个样子哦。"

接着，他又指了指那串脚印对我说："你如果总是跟在一个人的身后，踩着他的脚印亦步亦趋地向前，担心走错任何一步的话，是永远也不会走到他的身边的。"

他说："换个方向，也许你们就有可能相遇了。"

爸爸的话说得虽然有几分哲理，但我觉得不完全正确，我如果一直跟在你的身后，也有可能走到一起的，前提是，你会停下来等我。

可是，你没有。

陆臣安，我要离开你了。

爸爸定了那一天深夜飞往韩国的机票，我骗你和程董说是第二天上午的，因为我不知道怎么面对你。

心中明明不想离开，要怎么跟你告别。

四月的深夜，你家的花丛里面传来了啾啾的虫鸣，我戴着一只巨大的口罩，外加一副墨镜，前去跟你告别。

你家的加菲猫已经很老了，我蹑手蹑脚地走进你家那辆报废了的中巴车的时候，趴在车顶上打呼噜的它甚至连眼睛都没眨一下。

我悄悄地走到车旁，将你妈妈曾经送给我的那串黄水晶手链挂到了蔷薇花的花枝上，你妈妈曾经悄悄地对我说过，那串水晶手链原本是打算送给你未来的女朋友的。不过，你妈妈还说过，礼尚往来是我们的光荣传统，付出了，就一定要得到回报的。于是，我便轻轻地在你家的花枝上折了一朵白色的小小蔷薇，将它握在了手心。

我从口袋里掏出那张早已写好的便笺纸，将它贴在了车玻璃上。

我写给你的信其实只有一句话，我怕说多了你会难过。

我说："陆臣安，我不回来了！"

后记：
你在我的心里过期居留

你在我的心里过期居留

我怀念的是那样的少年,阳光凛冽的夏季,穿着袖子挽起的雪白衬衫。

闭着眼睛靠着白杨树干坐在未曾修剪的草坪上,耳朵里黑色的耳机中,传来的是一首舒缓的民谣。

他仰起头来,透过心形树叶的间隙望向未来的天空,天空中长长的飞机云正被雪白的云团吞噬。

然后,他低下头来,拍掉运动鞋上的灰尘,一丝不苟地将长长的鞋带打成蝴蝶结的样子。

他想,隔壁班那个喜欢将马尾高高扎起的女孩,马上就该从这里经过了吧……

引子

2011年,我把新浪微博的头像改成了红绿灯的图片。

直行处红灯亮起,绿色的箭头提示右转。

我只是想用这种方式告诉自己也告诉你们,很多时候,人生就像是一趟自驾旅行,有着必须遵从的交通规则。义无反顾,很多时候带来的是头破血流。

于是,我在2011年右转,在路边停靠放下一位曾信誓旦旦要去往终点的同伴后,开向了迷雾重重的另一个远方。

幸运的是,我开了没多久,就遇到了另外的同伴。

她是一位比我整整小了八岁的姑娘,我摇下车窗,看着初冬的雾气中瑟瑟发抖的她,问她要不要搭乘一辆最终不知道开往哪里的车。

令我感动的是她说的那句"管它能开向哪里"。

后记：
你在我的心里过期居留

在草原抛锚，就在草原上开成一朵细小的嫩黄色野花吧。

在戈壁抛锚，就变成两块七色的顽石，风沙中固守着自己的棱角。

如果是在沼泽里，就盘根错节地舒展成两株婆娑的水草，从不在乎，最后会不会结果。

庆幸的是，我们最终冲破了迷雾。

我们选择在传说中的世界末日后的第一天手牵手走进婚姻的殿堂。

母亲张罗的"中西式婚礼"颇具乡村气息，我在主持人的询问中，竭尽全力地大喊——"我愿意"。

亲朋好友们笑话我的孩子气。

其实，他们不知道，我是在喊给爸爸听。

2009年炎夏，他去了另外一个世界。

必须大声点儿，他才能听得见吧。

要知道，他生前最记挂的就是我和弟弟。

婚礼的前一天，下了很大很大的一场雪，老天就像是在用这场雪埋葬我的过去，一夜过后，就像书中写的那样，只剩下一片白茫茫的大雪，真干净。

埋葬了的，是其实很短暂的一句句永远，是义无反顾的青春，是一场场重逢与别离，是一个个转折的路口，是我终于有勇气，有能力写出来给你们看的那个隔着时光，有些陌生了的自己。

而大雪覆盖的冻土层下，渐渐萌发的是前所未有的责任感。

你在我的心里过期居留

一、关于成长

80年代某个冬日的早晨,没有伴随着天空中的任何异象,早产两个月,体重还不到三斤的我出生了。

我出生的时候没有左手指天,右手指地。

因为太虚弱,连哭都没有哭一声。

据妈妈回忆,刚降生的我连耳朵都还没有长出来,屁股只是蒜瓣大小的两块肉,整个人能放进爸爸的鞋里。不过,我在这里要特别声明的是,我爸脚大,穿44号鞋,所以我比你们想象的应该强壮那么一点点。

令我引以为豪的是,别的小朋友都是先会走路,后来才学说话,而我,是先会说话,才会走路,而且逻辑清晰。

想来,我从小便有着很强的表达欲,兴许这多少与我后来从事的职业有关吧。

我自始至终都庆幸自己出生在农村,那里有最澄澈的阳光、最顽劣的孩童、最肆无忌惮的风,以及蓝得不掺杂丝毫杂质的天空和低垂明亮的星空。

也许正是那样的环境,才最大限度地培养了我的想象力吧。

事到如今,我依然清晰地记着夏夜里,奶奶在院子里铺上竹席,摇着蒲扇教我认牛郎织女星的情形。风从头顶的梧桐叶间吹过,发出沙沙的声响,拳头大小的星辰似乎就要劈头盖脸地砸下来。

接着,小伙伴们便来喊我一起去捉迷藏了。

后记：
你在我的心里过期居留

方圆不到三公里的小山村，是我们天然的游乐场，星光下互相追逐飞奔，笑声喊叫声在山间回荡。

每个周末，我都会和其他小伙伴，爬上村子南面的一座山。山的顶部很平坦，长满了蒿草，零星的黄白亮色野菊花点缀其间。坐在山顶向南边看去，山脚下有一条蜿蜒的马路，一直延伸到一座名叫邹县的城市。城市的样子模糊不清，只是雾蒙蒙的一片。

彼时，这座以盛产煤炭著称的小城，是小伙伴们最向往的地方。

我们还曾策划了一场声势浩大的出逃，军绿色，写着"奔向二十一世纪"的单肩书包里，装着中午偷偷省下来的午饭、从妈妈灶台上拿来的火柴，一群人沿着山路奔下，一路向西。

那天，村长几乎发动了整个村子来找我们这几个坏孩子。

那天，我们在距离邹县十五公里的一个镇子上被大人们成功堵截，我们甚至已经看见了电厂里那几根冒着白烟的巨大烟囱。那时，我们几个偷了镇郊瓜田里的西瓜，在瓜农大伯的追赶下撒腿狂奔，我还跑掉了一只鞋。难过的是，我最终没能找回那只鞋，因为在它跟我的左脚分道扬镳的第二秒钟，瓜农大伯那条口味独特爱好广泛的土狗，就叼起它一溜烟跑掉了。

那一天，我猛然间发现，原来外面的世界可以那么大，我们走了好久好久居然还没有成功地抵达。

屁股挨了大巴掌的我，极不情愿地趴在爸爸宽厚的肩膀上被背回家，我频频回头看向那座渐浓的暮色下越来越模糊的城市。我听见爸爸语重心长地对我说："想要跑得远，你得先把腿长长！"

想来，那是文化程度并不高的爸爸说过的唯一很有道理的话。

那次事件过后,小伙伴们在家长的授意下,纷纷开始孤立我这个"离家出走策划人"。

所以八岁到十岁,很长一段时间里,放学后的我都是形单影只。除了那比我小三岁,跟屁虫一样的弟弟。

在我的印象中,他是一个很无趣的家伙。每一次,我在妈妈开的小诊所里偷钱时,他都会告状。有一次,我把钱藏到鞋子里面,要不是他告密,妈妈根本发现不了。他难道不知道我偷钱买的糖葫芦和冰棍也有他的份儿吗。

我曾一度绝望地认为,他是上帝从生命的最初就安插在我身边的眼线。

好在,那时候辍学在家的小舅舅成了一位生意人,做的还是文化生意——卖连环画。在此之前,因为姥姥家隔壁住着一位大胡子叔叔,每次都喜欢抱起我来用胡楂蹭我脸,所以我很少去姥姥家。

不过,自从舅舅开始卖连环画之后,我便经常找理由去姥姥家了。一开始,偷偷拿一本,后来,三本、五本。

最后逼得舅舅没办法,只好用一个小木箱把连环画锁起来,提防我这个内贼。

那也好办,抱着小木箱的我跑进姥姥家的厕所,然后踮着脚把整个木箱扔到墙外面。然后,当着姥姥的面大摇大摆地走出她家,抱起木箱撒丫子狂奔。

作为交换,我把十几张从小浣熊干脆面里吃出来的纪念卡放在了舅舅的写字台上。

我砸开了木箱的铁锁,把几十本小人书用塑料布包好,藏进一个只有我知道的小山洞里。

后记:
你在我的心里过期居留

那些小人书,我翻着新华字典整整看了一个学期。

也就是从那时起,我开始对文学产生了浓厚的兴趣。

遗憾的是,正是因为那些不翼而飞的小人书,使本想在商海大展拳脚的小舅舅一蹶不振,最终成功地转型为城前镇最有名的杀猪匠。

如今,每次回老家,吃着舅舅特制酱猪蹄的我,都觉得有些对不住他。

忘了告诉你们了,那时成功地长出了对称屁股的我上小学了,而且成绩不错,这一点倒是让父母很欣慰。

可惜,好景不长,升入初中后,我的成绩直线下降,一度沦落到被老师安排到最后一排的地步。而我还悠然自得,每天用一本画册,为讲台上的老师画像。不光画,还为他们编剧情。事实证明,在画画方面我是没有天分的。而且画谁谁倒霉,出现在我画册里的物理老师在一次摩托车与桑塔纳的动能转换过程中奉献了自己的右腿;而我最喜欢画的政治老师,最后居然嫁给了我最讨厌的英语老师,彼时,我笃定地认为,这是她人生中最错误的抉择,最大的灾难。

而我的灾难,是新换的班主任孙老师。

当时,他是整个中学的传奇,据说曾在车棚徒手制服过两名偷单车的歹徒。最令人佩服的是,他能以小拇指为圆心,大拇指和食指捏着粉笔,"刺溜"一下,在黑板上画出一个超级规则的圆。

画完圆的他,将手中的半截粉笔直直地砸到我的脑门上,潇洒无比地拍拍手:"你,上来标注一下温带和热带的分界线。"

我连忙把画册丢进桌洞里,在忙不迭往地理课本上瞄了一眼后，极不情愿地向讲台走去。郁闷的是，那天孙老师成功地在我百宝箱一样的桌洞里翻出了那本把他妖魔化的画册，而我最终也没能成功地标注出可以"戴罪立功"的分界线。

那时的老师是会体罚学生的。

而且，孙老师的套路更是高深莫测。

阴风阵阵的办公室里，他将画册摔在办公桌上，笑眯眯地看着我，顺手指了指几何老师桌子上巨大的木圆规，让我拿给他。

"今年多大了？"

"十三。"

他又笑一笑，指了指我身后巨大的水缸，让我扶着缸沿，屁股有多高撅多高。

"我看你这十三年是白活了，必须给你长长记性！"

当粗大的圆规在我屁股上打下第七下时，望着水缸里涟漪下受惊游窜的金鱼，我突然后悔两件事，一件是屁股不该长出来，另一件是，为何没有虚报年龄。

整整十三下，每一下都痛彻心扉。

每一下，我都诅咒孙老师家的板凳全部断成三条腿的。

不过，孙老师的方式，对于我这种顽童来说确实起到了立竿见影的效果，因为我向他保证期末考试的时候，每一门功课都达到80分，少一分一圆规。

接下来的期末考试，我一共应打四圆规。

不过，孙老师对于这个成绩似乎很满意，惩罚给我记在了账上，下次考试多余的分数可以抵消。

两年后，复读了一年初三的我，成功地考入了邹城实验中学。

后记：
你在我的心里过期居留

去到了梦想中那个盛产煤炭,每一天往电厂拉煤的小火车都会"咣当咣当"从城郊路过的北方小城。

平心而论,如果不是因为孙老师下手够狠,我根本不可能在升学率极低的乡镇初中成功考上高中。

又或者,我现在已经是个画家了呢。

我一直认为高中是最美好的年华,是一个人必须经历的阶段。

那是一个开始注重打扮的年纪。

那是一个为了一个暗恋的女孩,可以每天洗三遍头发的年纪。

那是一个某些种子,在内心深处最幽暗潮湿的角落,渐渐生根发芽,开出细小花朵,却不会结果的年纪。

彼时的少年,内心似火,却喜欢故作深沉。

聒噪的知了爬上白杨树梢之前,学校围墙上的蔷薇花开得正好,懵懂的年华一如桌洞里刚刚打开扉页的爱情小说,散发着纸张的芬芳。

如你所料,那时的我喜欢上了一个女孩。

早在军训时,我就喜欢上穿着一双高帮的球鞋,走正步顺拐的她了。想要接近,却偏偏佯装毫不在意,就这样遮遮掩掩了三年,直到2004年,我们已经分处两地的大学,才鼓起勇气给她打了一个电话。

那时候,是没有微信之类聊天软件的,我问同学借来给她打电话的手机还是16和弦的诺基亚。

我站在男生宿舍七楼的走廊尽头,费了九牛二虎之力,将默默重复了无数遍的"台词"说出口的那一瞬间,天花板上的一块巴掌大小的墙皮掉了下来，重重地拍到了我的脑袋上。仿佛在用这种方式惩罚我那么多年来的懦弱。

然后，她真的就成了我的女朋友。

2005年五月，我最后一次去那座有海的城市看望已经不再是我女朋友的她。

我一个人去到曾经跟她一起看外文电影的机房；一个人在窗外种满绒花树的餐厅里吃饭，我把一包心相印的纸巾放在了曾跟她一起吃过晚餐的桌子上，不知道她会不会用；我一个人在海边捡了很多五颜六色的透明石子，放在了她从宿舍到教室必经之路的枝丫上。也许，有一天，她从树下经过，一粒石子会正巧掉落在她脚下呢。

后来，我一个人回到了几百公里以外的学校。

我把那次的经历写成了一篇名叫《大海知道》的散文，给自己取了一个很俗的笔名"缘痕"，投给了校报。

没想到，校报居然刊登了那篇文章，并且在下个周二发给了我56块钱稿费。

我拿着那些钱，在校园北门彼时还没拆掉的村子里找了一家小酒馆，28块钱一份的糖醋里脊，我点了两份，而且吃得一块不剩。

我觉得，既然爱情没有了，那就长点儿肉吧，总不能鸡飞蛋打什么也没留下。

再后来，我就养成了给校报投稿的习惯，虽然稿费低得可怜，却因此结识了很多朋友。这其中，就包括我的第二任女朋友。

其实，每一次恋爱的时候，我们都会想到永远。

但也有人说过，大学里的爱情从来与婚姻无关。

后记：
你在我的心里过期居留

我不知道别人怎么认为，反正这句"诅咒"在我身上应验了。

因为2011年，在父亲猝然离世后两年，我再次失恋了。也正是那时，我明白了一个道理，很多事情其实是没有对错的，这个世界也并不是非黑即白。

我缩在租住的廉价阁楼里压低了声音哭泣，我一个人游荡在陌生的北方小城里，喜欢坐在公交车站牌旁的排椅上，看车子一辆辆地开过来，一辆辆地开过去。我想要离开，却不知道该去向哪里，我想要留下，也不知道还可以等谁。

我把微博换了头像。

开始在杂志上发表梦呓一般的情感专栏，我给专栏取了一个很消极的名字——夜孤城。

我学会了一个人哭泣，一个人思考。

那之后，我终于明白，其实所谓成长，就像是伤口，曾经血流如注，渐渐结痂脱落，痊愈后的皮肤变得更加强韧。

有时候，这些伤口长在身体表面，有时候，隐藏在心里。

幸运的是，我在2011年冬季，最终遇到了那个愿意包容我那么多缺点的姑娘。

遗憾的是，我没能把最好的年华留给她。

我把亲情放在成长篇的最后，是因为无从下笔。

仿佛无论用什么样的方式写出来，每一个字都显得那么轻浮渺小。

想来，我和家人都不是善于用语言来表达感情的人，我说的语言不是文字，是能彼此面对面，毫无顾忌地将心中的牵挂说出来的

那种。我要告诉你,大二那年母亲节我给母亲打电话祝福她时,她还不好意思地骂我矫情你会相信吗?

说起来,在外那么多年,我很少给家里打电话,就算是打,也匆匆几句就挂断。

父亲更是如此。

他一生中唯一主动给我打电话,是在去世前的两个月。

接到电话的我还很惊讶。

他在电话里埋怨我怎么不给家里打电话。

一向乐观的他还跟我开玩笑。

然后,他就走了。

毫无征兆。

据说他走的前一天,自己去镇子上理了发,刮了胡子,还破天荒地给自己买了一件新衬衣。

从来都不修边幅的他仿佛预感到了什么。

2009年最炎热的六月,身体硬朗无比,还在劳作的他,突然倒在地上,停止了呼吸。

写到这一句,我眼眶忍不住再次湿润。

不写了,对不起。

说说写作吧。

二、关于写作

你们也许已经看出来了,我从来都不是一个听话的孩子,所以注定长不成很多人想要看到的样子。

后记:
你在我的心里过期居留

如今,跟朋友们谈天,我还是会经常得意地提起自己的小时候。

我要感谢的是,从小学到大学,从来不问我成绩的父母。

是他们,给了我最初的难能可贵的信任。

关于写作,我印象中最深刻的有三件事。

第一件,便是小学三年级语文老师布置写日记,你猜,第二天我交上去的日记里写了什么?居然写——某年某月某日,我在山上抓蝴蝶的时候,遇见了外星人。因为那时候,两部分别叫作《恐龙特急克塞号》和《太空堡垒》的电视节目正当红。

结局,可想而知。

我扎着马步,站在教室外面的花坛边,对着一群正在烈日下啃食螳螂尸体的蚂蚁发誓,以后编日记,一定要编得滴水不漏,让语文老师绝对发现不了。语文老师家对面就是我说的那座山,山上发生的一切他肯定都知道。我千不该万不该写在山上遇见了外星人,我要写是在碎石场旁边的小树林遇见的,他就不会知道我瞎编了吧。

于是,第二天,我依然扎着马步,站在烈日下苦思冥想,到底外星人应该出现在什么地方。

也就是同一年秋天,我决定干一件让语文老师刮目相看的大事,我要当作家,写一本故事书。就像同学们在新华书店里买的《一千零一夜》那样的。谁让他在年度总结的时候,把我的日记评为全班最差。

彼时,还没有裁剪好的A4纸,学校旁边的小卖店里,只有那种成捆的大张白纸出售。两毛钱一张,我买来十张,裁剪成32开大小，装订成册。坐在院子里的我，看着妈妈种的一架窝瓜产生了灵感，于是，便有了人生中的第一部大作——《窝瓜八兄弟》。

冬天，那部大作，被点炉子的爸爸拿来引火了。

第二件在我心灵中打下烙印的写作逸事，发生在高中时期，那时我们的班主任兼语文老师姓张，是一位比我们仅仅大了七岁的消瘦的年轻男子。作文五十分，他经常给我打满分，还喜欢在课堂上当作范文朗读。那时的我，可谓风光无限，一度觉得自己距离"人民艺术家"只有一步之遥了。

可是，打击接踵而来。

每次作文都能得满分的我，每当全年级考试时，作文只能刚过三十分及格线。因为，我写的东西太另类。

我甚至利用最讨厌的英语课时间，用自己装订的一本白纸书，写过一篇名叫《抚冰取暖》的长篇爱情小说。而且，我还给自己取了一个现在看起来的确很俗的，都不好意思写出来的笔名——泪。

后来，那本小说被英语老师收缴，并且在整个年级部办公室传阅。

最让人郁闷的是，等英语老师大发慈悲把那本书还给我时，上面居然布满了批注。指出了很多语法的错误，还有错别字。

大作被英语老师批改这件事情让我饱受打击，我决定一雪前耻。

于是又自己装订了一本诗集。

这一次，我将它主动交给了张老师，得到了他很高的评价。

不过，同样是张老师，也曾让我受到过打击。

高二下半学期，学校让他推荐班里两位写作好的同学进入校文学

后记：
你在我的心里过期居留

社，主办校报，信心满满的我却在他口中听到了两个别人的名字。

很多年后，耿耿于怀的我才恍然大悟，其实，当时，张老师是在有意保护我，因为，有趣的灵魂必不是放进千篇一律的模子里，塑造成流水线上生产下来的样子。

事到如今，我依然记得毕业晚会上，酒意微醺的他跟我们说过的一句话："我希望看到的是每一个都不同，都活出自己精彩的你们。"

第三件，当然就是看着自己辛辛苦苦码的文字变成铅字了。

2007年，一本杂志，刊登了我的第一篇短篇，名字叫作《杀死小丑诺基》。想来，也就是从那时开始，我才成为一名真正意义上的写作者。

我始终觉得，这世界上最幸福的人无外乎可以把兴趣当作职业，而我，就是为数不多的幸运儿中的一个。当然，前提是你心中必须有一个准则，那就是幸福感并不是以物质财富的多寡来衡量。

2007年到2010年，这三年，是我行文最顺畅的时期，也是灵感最充沛的时候。那时候的我，被好多编辑戏称为"码字机"。我曾一个星期写四个短篇，而且每一篇都能过审。也就是那时，我把干了两年半的工作给辞了。辞掉了工作的我，把自己关在冬天没有暖气，夏天没有空调的阁楼里编排一个个首先得把自己打动，才能感动你们的故事。从古代到现代，从校园到悬疑。那时的我，人格也许真的有些轻微的分裂了。要不然，我怎么会晚上睡觉说梦话都在角色扮演呢？

2013年底，我陷入了瓶颈期。

因为那一年，女儿出生了。

> 你在我的心里过期居留

满满的幸福感充斥着我的脑海，嘈杂的哭闹声充斥了整个二居室，使我根本没法静下心来写一个字。

我给女儿取名云筝，风筝的筝，古筝的筝。

我希望她像一只轻盈的风筝，就算是飞到云端之上，也有一根线牵在父母的手里；我希望她像一架优雅的古琴，奏出最美丽的乐章。

当她第一次从襁褓里伸出小脚丫踹在我的肚皮上，当她第一次用粉嫩的小手抓住我的小拇指，当她第一次喊"爸爸"……

那么一瞬间，我发现自己长大了。

也突然间理解了以前那个彼此间交流不多，时常被我埋怨的父亲。

我第一次郑重其事地为将来谋划，因为我知道，终究有一天，我会挖空了心思，也一个字都写不出来。

我开始转型，写青春校园之外的故事。

我开始倒腾，成了一位不入流的古玩二道贩子。

我开始一反常态地注重这个烟火味十足的人间，开始学习变着花样给韩云筝准备晚餐。

这种状态，一直持续到把她送入了幼儿园的小小班。

我才有机会再次沉下心来，接了新的约稿，写了一部长篇。

我庆幸，自己最终没有放弃。

人，一生当中必须有一两件为之坚持，为之倔强的事情。无论，最后成功还是成仁。

这些年来，很多读者私下里问我文章中有没有自己的影子，该

后记：
你在我的心里过期居留

怎么回答呢，其实文章的主人翁是作者一手塑造的。

作者的人生观、价值观肯定会在主人翁身上多多少少得以体现。而故事情节就大多都是编造了，反正是我这样的，如果每篇文章里的情节都曾发生在作者身上的话，那这个作者是有多分裂。

我记得自己很久很久以前就曾说过一句话，大部分作者都是借着别人的眼睛哭一场。

从2007年到如今，算下来，写文已经整整十个年头，十年间最大的收获便是写文让我保持了一颗永远年轻的心。

因为面对的读者大都是还在学校里读书的年轻人，我必须绞尽脑汁地想象着你们的生活，你们的行为方式，自然而然也就变成了一位老顽童。

而这些年，一次次在我瓶颈时期鼓励我，给我动力的，也是年轻可爱的你们。

当然，还有很多时候有些烦的编辑们。

如今，我挑选出十年来自己认为最好的短篇作品，集结成册，用让你们再掏一次钱的方式，感谢你们的不离不弃。

也希望这能变成我的一个小小的总结，能以此为鉴，更好地前行。

三、关于梦想

曾经在某本书上看到过这样一句话——

有时候，为了梦想，你必须暂时放弃梦想。

我的梦想，好像是个变量。从小到大都在改变，小学时梦想是长

> 你在我的心里过期居留

大后当周总理，到了初中发现就算是当总理也只能是韩总理，要是当周总理我爸第一个投反对票，我觉得韩总理听起来没有周总理帅，于是放弃。梦想也随之变成了在学校旁边开一家最炫酷的电玩店。

而到了高中，因为喜欢上了武侠。最大的心愿是带着心爱的姑娘仗剑远走他乡，找一个世外桃源一样的地方隐居山林。除非世界陷入巨大灾难，有人请我出山。否则，就养两只鹅，种半亩地，孤独终老。

大学到现在，梦想也变得庸俗起来，能买下一间位于顶层的大房子，实木地板，有巨大的落地窗，还有一片广阔的露台，露台上种花，养两只鹅。

我不记得自己曾为这些梦想做过什么样的努力了，我只记得，随着年龄的增长，自己越来越少抬头看天。

反而是已经四岁的女儿，时常指着天空对我说："爸爸你看，月亮好像一只香蕉。"

"爸爸你看，天上有四颗星星。"

"爸爸你看，怎么还不到晚上月亮就出来了呢？"

……

当我告诉她，很久很久以前她就生活在天上，躺在棉花糖一样的云彩里睡觉的时候，她眼睛里闪烁着令人感动而单纯的坚信。

那时我就在想，我小时候也曾有过这样澄澈的目光吧。

所谓长大，不就是经了世事，一层层给眼睛拉上窗帘的过程吗？

所以，我生平最讨厌两件事情，照镜子和拍照片。

后记：
你在我的心里过期居留

我怕有一天，自己会对着镜子里那个胡子拉碴，一脸皱纹的家伙问："嘿，你是谁？"

也许很多朋友会奇怪，你的梦想为什么不是能变成一位很有名气的写手呢。

我不知道该如何回答。

我当然希望自己能出名一些，因为那样图书的发行量就会高一些，稿费自然就多一些。

但，从发表第一个短篇时的兴奋，到出版第一部长篇的激动，一路走过来，写作已经成为我生活的一部分，成为谋生的手段。我觉得，它已经配不上"梦想"这两个字了。

当你在写一篇文章时，必须顾及读者喜好、审查规则时，它已经变成了一个产品，而不是作品。

当有一条路，你走得太远，走着走着，也许就忘记了自己当初为何出发。

请相信，这世界终有办法，用你意想不到的方式，将原来那个笑容灿烂，眉目清朗的你装点得面目全非。

最重要的是，你必须在深夜里，卸下自己的妆容，好好地审视那个最真实的自己。

四、关于前行

四岁的韩云筝总是信誓旦旦地告诉我，长大后要买一只真正的霸王龙，养在家里，抱着它一起睡觉。

我知道，四岁的她，还不知道霸王龙的危险。但我欣赏她的天真与勇气。也欣赏，那些年跟她一样，前路迷茫，却奋不顾身的自己。

未来，本就是一条浓雾弥漫的乡间小道，你不往前走，永远不知道迷雾的对面是什么样的景致。

这世上没有任何一条路，可以一直笔直地走下去。人，总会遇到千千万万个红绿灯交替闪烁的路口。所以，我还要努力地向前走。

说不定，明天一觉醒来，我突然突破了现阶段的瓶颈，展现给你们一个不一样的韩十三呢。

现在我主要的收入已经不再是稿费，也曾因此一度产生过放弃写作的念头。可惜，长久以来，写作已经深入骨髓，潜移默化地变成了我身体和生命的一部分。虽然精力心境已经大不如从前，但还是努力地去写。既然保证不了数量了，那就保证质量吧。我常常用这句话来掩耳盗铃般的安慰自己。

也许，有一天，我沏好茶，点燃香烟，坐在电脑前，却突然一个字也打不出来了。彻底丧失了与读者们交流的能力，那时，才是真应与某些事说再见的时刻。

我来过，我走了。

你们如果能想起我来，就微微一笑。

如果不再记得，那就忘了吧。

我不敢想太远，因为不确定自己的能力是否会大于变数。我只敢给自己制订一个短短的五年计划。

每一年，至少写一部长篇，而所写的文字至少能把自己感

后记： 你在我的心里过期居留

动。因为，我从来都不相信一篇连自己都无法打动的文章，能让读者喜欢。

我想要转换一下自己的文体，写一两部武侠或者一两部童话，就像一位刚刚学写字的小学生一样，一笔一画，重新来过，重新年轻一回。

如今，我把作品集的名字定为《你在我的心里过期居留》。

为青春做一段告别。

我们拥有过，我们失去过，我们长大了。

我静下心来坐在电脑前，为她写了这篇逻辑混乱，不知所言的自叙。已经没有了尚在校园时为了几十块钱稿费借同学的电脑连夜码字的那种激情。

写手，这两个字，曾高高在上，让我踮起脚来向往。

也曾让我肠思枯竭，夜不能寐。

如今，翻开书架上那些已经泛黄的杂志，有些年华，已经不忍细读。

2007年，我租下的阁楼，在我就读的大学北面。

2012年，我买下的房子，在她的南面。

我写字的房间有一个大大的窗台，推开窗户，正对着的就是学校的大门。

我习惯静静地站在窗前，看那些衣着光鲜的学生进进出出。

我喜欢在傍晚光线昏暗的时候，去熟悉的教学楼，站在阶梯教室外面，静默地审视那一张张年轻的脸，我找了很久，却从未找到当初的那个自己。

我曾在阴历四月玉兰花开的时候,凌晨两点空无一人时,偷偷翻越围栏溜进学校里,折一枝白色的玉兰花,插进透明的玻璃花瓶里。

我就像是一只兜兜转转的陀螺,十几年间从未离开这所学校五百米。而那些让我留恋的韶光已经不知不觉间从指缝间溜走,像武侠小说里的侠客,骑着白马,一骑绝尘,永不回头。

拉上窗帘的我忽而微笑,如我这般,若是不曾游弋在文字的海洋里,该是多么无趣!

我允许,你在我的心里过期居留。